MATEM E DEVOREM!

Jean Teulé

MATEM E DEVOREM!

Tradução de Ivone C. Benedetti

Texto de acordo com a nova ortografia
Título original: *Mangez-le si vous voulez*

Tradução: Ivone C. Benedetti
Imagem da capa: ©Frédéric Poincelet
Preparação: Jó Saldanha
Revisão: Patrícia Yurgel

CIP-Brasil. Catalogação na Fonte
Sindicato Nacional dos Editores de Livros, RJ

T332m

Teulé, Jean, 1953-
    Matem e devorem! / Jean Teulé ; tradução de Ivone C. Benedetti. - 1. ed. - Porto Alegre, RS : L&PM, 2014.
    144 p. : il. ; 21 cm

    Tradução de: *Mangez-le si vous voulez*
    ISBN 978.85.254.2911-7

    1. Romance francês. I. Benedetti, Ivone C. II. Título.

13-02981   CDD: 843
                     CDU: 821.133.1-3

© Éditions Julliard, Paris, 2009

Todos os direitos desta edição reservados a L&PM Editores
Rua Comendador Coruja 314, loja 9 – Floresta – 90.220-180
Porto Alegre – RS – Brasil / Fone: 51.3225.5777 – Fax: 51.3221.5380

Pedidos & Depto. comercial: vendas@lpm.com.br
Fale conosco: info@lpm.com.br
www.lpm.com.br

Impresso no Brasil
Verão de 2014

SUMÁRIO

1. A morada de Bretanges 7
2. Trajeto até a feira 13
3. A entrada de Hautefaye 19
4. A mureta de pedra seca 29
5. Velha cerejeira 37
6. A porta do prefeito 45
7. A oficina de ferrador 51
8. O estábulo 57
9. A rua principal 63
10. A estalagem Mousnier 71
11. O mercado 77
12. A carroça do mercador de lã Donzeau 81
13. A diligência de Mercier 85
14. A carriola 89
15. O lago seco 93
16. O dia seguinte 103
17. O tribunal 111
18. Veredicto 117
19. Execução 119
20. O pântano do Nizonne 123

Epílogo 127
Agradecimentos 129
Notas 131

1
A morada de Bretanges

– Que dia lindo!

É o que exclama um rapaz empurrando as folhas da janela de seu quarto, no andar superior de uma construção do século XVII. As cortinas de musselina esvoaçam ao lado. O moço abarca o horizonte com um olhar lento, contempla a paisagem – uma ponta do Limusino ligada como que por erro a Périgord. Carvalhos sequenciam mil horizontes naquele Saara de pradarias. Atrás dele, acima da lareira, um relógio de pêndulo soa treze horas, e um vozeirão se eleva do jardim, à sombra de um castanheiro centenário:

– Só agora se levanta, novo vice-prefeito de Beaussac?! Eu, quando era prefeito, saía da cama mais cedo!

– Papai, eu estava burilando o meu projeto de saneamento do Nizonne...

Na sombra da árvore, outra voz, feminina, intervém:

– Amédée, pare de aborrecer seu filho. Além do mais, como você vê, ele está pronto. Fica-lhe bem esse traje de verão, Alain! Não esqueça o chapéu de palha. Ainda está fazendo muito calor hoje!... – continua a mãe, meneando o leque.

De uma mesinha de jacarandá, Alain agarra o chapéu de palha e sai do quarto. As escadas escuras têm um cheiro bom de encáustica. Suas botinas de couro macio cor de acaju marcam uma ligeira claudicação. No térreo, uma tapeçaria desgastada e velha decora o vestíbulo. Alain para diante de um desenho emoldurado. A imagem representa a praça de um pequeno burgo deserto.

– Gosta dessa aldeia vizinha, hein! – exclama a mãe, avistando o filho pela porta aberta da casa.

Saindo e reunindo-se aos pais, que se preparam para almoçar a uma mesa de jardim, Alain responde:

– Gosto, gosto também de Hautefaye e daquela gente boa. Espero que meu projeto de drenagem seja aceito e que eles fiquem felizes como o povo de Beaussac.

– Pela hora em que está saindo, achei que tinha esquecido a festa anual... – resmunga o pai, lendo o jornal local.

– Papai, nunca perdi nenhuma feira de Hautefaye. Lá eu encontro todos os meus amigos.

Abraça a mãe, muito morena de olhos claros, e ela lhe acaricia o rosto:

– Menino lindo e sem complicações, cheio de boa-fé, nasceu para agradar, sempre todo sorrisos e céus de ternura no olhar...[1]*

Enquanto o pai ergue os olhos para o céu, irritado com aquele excesso de carinho maternal, Alain se endireita debaixo do grande castanheiro:

– Como está fresco na sombra! É bom neste tempo sufocante. Parece feita de propósito.

– Então fique debaixo dessa árvore – diz de repente em pânico a mãe –, em vez de ir para o front da Lorena. Meu Deus, essa guerra contra a Prússia e você indo para ela na semana que vem! Afinal por que você, que foi dispensado pela junta de saúde por ter constituição frágil, exigiu que a dispensa fosse cancelada? Para me fazer morrer de preocupação?... Além do mais, em Périgueux, por mil francos, você poderia trocar um número ruim** de conscrito com o Pons. Alain, você está me ouvindo?

– Mas ele já respondeu mil vezes, Magdeleine Louise! – exclama o pai. – Essa história de sorteio de recrutamento, em que os miseráveis que tiraram um número bom o

---

* As notas numeradas encontram-se no fim deste volume e referem-se a versos de Paul Verlaine inseridos no texto pelo autor. (N.T.)

** De 1798 a 1905 o recrutamento na França era feito por sorteio. Número bom significava dispensa. As famílias burguesas ou nobres, a partir de 1804, podiam pagar, num tabelião, um substituto que prestasse serviço em lugar de seu filho. (N.T.)

vendem a rapazes mais ricos que tiraram um número ruim, disso ele não gosta muito, não.

– Mamãe, eu sou conhecido e apreciado por todos na circunscrição de Nontron. Imagine a vergonha que eu ia sentir quando cruzasse com os pais do rapaz que tivesse ido arriscar a vida em meu lugar... Além do mais, minha inadequação às marchas longas não vai me incomodar, vou como cavalariano.

Alain grita para o criado da família, adormecido debaixo de uma aleia, lá longe, perto da estrebaria:

– Pascal, você pode arrear meu cavalo, por favor?

– Você não vai comer com a gente? – espanta-se a mãe. – Olhe só, feijão com toucinho e queijinho branco.

– Não, vou almoçar na feira, na estalagem Mousnier, onde tenho encontro marcado com o notário de Marthon.

– Para quê? – pergunta o pai.

– Antes de ir para o front, preciso acertar uns negócios da propriedade. Também prometi à vizinha indigente, a pobre Bertille, que vou lhe dar uma novilha para substituir a vaca que ela encontrou morta nos pântanos do Nizonne, e para o agricultor do lago Noir propus mandar refazer o teto do celeiro que foi queimado por um raio na semana passada. Em Hautefaye vou procurar um carpinteiro que possa começar o serviço já no início do outono. Estava pensando em Pierre Brut, telhador de Fayemarteau. É uma coisa urgente que precisa ser acertada antes de eu partir para a Lorena.

Alain presta atenção ao zumbido das vespas no ar e à canção dos gafanhotos no chão dos prados. Num arbusto ressequido, uma bela cotovia levanta voo com seu moteto no bico.[2] A mãe, que tem saúde frágil e está abalada pelo recrutamento do filho, sente-se mal:

– Minha cabeça está girando.

– É o calor, mamãe.

– Meu filho, o que diz o jornal? Falam da Prússia? As batalhas de Reichshoffen e Forbach foram vitoriosas? Estou sem óculos.

Alain pega *L'Écho de la Dordogne* depositado perto do prato do pai, que o olha fixamente e nada diz. Depois de perguntar: "É o de hoje mesmo?", lê em voz alta a data do jornal:

– Terça-feira, 16 de agosto de 1870... Ah, sim, é ele mesmo.

Descobrindo com espanto a manchete que ocupa toda a largura da primeira página, decide ler em voz alta apenas o quadro do rodapé:

A seca continua! Nesse aspecto a situação piora cada vez mais. Em comunas importantes já é necessário racionar a água oferecida à população; há localidades onde cada habitante não recebe mais que quatro litros per capita por dia. Nas zonas rurais que não contam com boas nascentes ou com riachos consideráveis, os habitantes são obrigados a ir buscar água muito longe, nos rios, e ela é vendida no varejo.

– De fato está fazendo calor... – confirma a mãe.

– Depois de almoçar, vá tocar piano na sala. Lá é mais fresco.

Pascal aproxima o cavalo solicitado e estende a rédea daquele alazão de belo porte. Enquanto Alain se ajeita na sela, a mãe lhe recomenda voltar antes do anoitecer.

– Mamãe... daqui a dois anos, vou fazer trinta! E a nossa casa de Bretanges fica a apenas três quilômetros de Hautefaye. Só vou dar uma voltinha, cumprimentar umas pessoas e depois volto. Até logo.

2

Trajeto até a feira

Seus olhos, em um sonho sem fim, pairam despreocupados[3] e, diante dele, a crina do cavalo que vai trotando cria ondas brancas que se elevam e submergem. Ao longo do caminho poeirento, muito bem traçado, ele vê vinhas sobre as encostas e sob o sol, que trabalha para inchar e açucarar os cachos. O entorpecimento tomou conta das cigarras. Ele abaixa as pálpebras. A Bela Adormecida do bosque está dormindo. A borralheira cochila. A sra. Barba Azul? Está à espera dos irmãos. E o Pequeno Polegar, longe do ogro feiíssimo, descansa na relva...

Abre os olhos e descobre diante de si, como uma fila de gansos na estrada poeirenta, um exército de comerciantes, trabalhadores jornaleiros, artesãos, a pé, em lombo de burro, em carroças, também indo à feira. Vai para a direita, a fim de ultrapassar dois agricultores de Mainzac, e os cumprimenta:

– Bom dia, Étienne Campot. Como vai, Jean?

– Um bom dia, sr. De Monéys.

Com sua polidez habitual, os irmãos Campot levantam o boné. Étienne deve ter a idade de Alain de Monéys.

O outro, vinte anos, tem uma encantadora cabeleira desgrenhada. O mais velho vai puxando um cavalaço.

– Ô, Júpiter!

– O que vocês vão fazer na feira de São Roque com esse *boulonnais*, irmãos Campot?

– A gente espera vender para oficiais da remonta, fornecedores dos exércitos. Às vezes eles percorrem as feiras em busca de montarias e animais de tiro, que estão em falta no front da Lorena...

– Então nossos cavalos vão se encontrar diante dos prussianos, Étienne! Eu me ofereci para levar à tropa, quando me alistar, o meu próprio alazão, que depois vou deixar para o exército.

– O senhor vai para a guerra, sr. De Monéys, apesar da manqueira? – admira-se Jean. – E, além disso, o senhor não conseguiu trocar o seu número ruim?

– Besse filho se ofereceu para ir no meu lugar, mas eu recusei. Daqui a três dias vou defender meu país.

– Onde vai se apresentar?

– Estou esperando minha guia de marcha. E vocês, tiraram números bons?

– Sim, nós dois, felizmente – suspira o mais velho dos Campot.

Aquele bigodudo, testudo e olhudo tem de fato cintilações de inteligência e alma. Com os olhos úmidos, observa o Júpiter que vai para a guerra. Suas mãos se fecham a revolver pensamentos.

Alain ultrapassa burricos extenuados, carregados de melões cheirosos, e uma multidão de artesãos das paróquias vizinhas. Um deles, pedreiro, fala de riso, amor, conforto, e certo está[4]: "Gosto feito doido de baile!".

No plano ressequido igual a uma torrada[5], a inocência cerca o cavaleiro na estrada em que viceja a flora da amizade[6]: "Bom dia, sr. De Monéys", "Como vai, Alain? E sua mãe, como está passando?". François Mazière, lavrador em Plambaut, na comuna de Hautefaye, de fala aguda – tem quase voz de rouxinol –, conta a outro que veio para se desfazer de seus dois bois, que ele às vezes repreende em dialeto: "*Aqui, bloundo! Aqui! Véqué*!".

Aquele que vai andando ao lado dele também é conhecido De Monéys. É um trapeiro divertido de cinquenta anos. Com um burrico, que ele leva a todo lugar, recolhe nas fazendas da região de Nontron roupas em frangalhos e panos velhos, por preço irrisório ou de graça, por caridade, que ele depois vende em sacos aos papeleiros de Thiviers. Alain aconselha:

– Sr. Piarrouty, precisa ir a minha casa recolher a "trapagem", como diz. Sem dúvida nós devemos ter trapos para lhe dar de graça, evidentemente.

– Ah, obrigado – responde o outro tirando o chapelão. – Vou passar lá na semana que vem. O senhor mora em Bretanges, na comuna de Beaussac?

– Moro. Quando for lá, diga a meus pais que é de minha parte.

Aquele homem, habitualmente tão engraçado, hoje parece melancólico a Alain, levando nas costas o pesado gancho de pesar sacos de trapos. O cavaleiro pergunta:

– Está triste com alguma coisa, Piarrouty? Não estou vendo seu filho hoje. Não está doente, espero?

O trapeiro balança a cabeça, volta a cobrir-se com o chapéu. Acolá – depois de pousios invadidos pela relva amarela e dos zimbros, bem além dos lameiros do Nizonne, onde estagnam as águas mortas que envenenam o gado e propagam febres e epidemias –, De Monéys avista a fumacinha branca de uma locomotiva a vapor. Mazière, perto do trapeiro, diz:

– É a aveia de nossos animais saindo de Périgueux em vagões cheios para a Lorena.

Alain ataca a galope a subida da estrada em curva que leva a Hautefaye, depois puxa com cuidado o freio do alazão, que diminui o passo sacudindo a cabeça e se detém diante da escola – casa um pouco isolada antes do burgo. Alain apeia amparando-se num sobreiro. A árvore é tenra, a julgar-se pela casca. Estende a rédea a um garoto de catorze anos:

– Pegue, Thibassou, amarre meu cavalo com os outros. Cuide dele para mim.

Oferece uma moeda, e o adolescente fica radiante:

– Obrigado, sr. De Monéys.

Perto de Thibassou, uma voluptuosíssima mulher, sentada numa cadeira à sombra de uma tília, a bordar com bastidor, ergue os olhos para ele:

– Ora vejam, Alain!

– Como vai, sra. Lachaud? O professor seu marido não está? É a senhora que vai dar aulas neste dia de feira?

A mulher do professor tem braços viçosos e roliços, ancas largas, corpete um pouco desabotoado, que ela não tem pressa de fechar por causa do calor. À sua esquerda está de pé uma moça de vinte e três anos, tentando recitar o alfabeto. Alain fica surpreso por encontrá-la no povoado:

– Não está mais trabalhando como engomadeira em Angoulême, Anna?

– Eu queria voltar. Lembra de mim, sr. De Monéys?

– Ah, sim! Eu até lhe mandei uma carta que ficou sem resposta...

– É porque eu não sei escrever.

– A senhorita ficou mais bonita ainda em dois anos e três meses.

Ela enrubesce, rústica, morena e bela. Thibassou, que a devora com os olhos, parece pensar como Alain. Ela baixa as pálpebras com pudor e depois retoma o encadeamento das letras:

– A, B, C, ahn...

– Recomece, srta. Mondout – diz cerimoniosamente a sra. Lachaud, observando De Monéys –; vai conseguir, porque é inteligente.

Que especial dulçor[7] da parte da mulher do professor e que leal devoção e quanto tato![8] Mas alguém chama Anna:

– O que está fazendo aí na escola, com essa idade, ainda por cima em dia de tanto trabalho na estalagem? Venha ajudar, e já, vá ordenhar as nossas cabras no estábulo do prefeito para servir as damas.

– Estou indo, tio Élie.

Anna Mondout vai embora. Alain fica olhando. A sra. Lachaud suspira, soprando para dentro do corpete entre os grandes seios perolados de suor:

– Ah, nesta terra do leite e da castanha, a alfabetização tardia... Só a metade dos vereadores de Hautefaye sabe escrever o próprio nome. Em todo o território da comuna, só há nove garotos estudando.

— O que fazer, sra. Lachaud? Uma criança na escola são dois braços a menos em casa e nas plantações. É preciso entender.

Ao se afastar da mulher do professor, que concorda e sobe um pouquinho a saia, Alain prossegue dizendo para si mesmo:

— Eles sofrem tanto, e suas lágrimas valem meu pranto...[9]

À beira do caminho um vendedor ambulante tira maravilhas pueris de seu fardo: anéis dourados, figuras satíricas, espelhos mágicos para apaixonados nos quais se pode ler "EU TE AMO" quando neles se assopra. Põe um diante da boca de Alain, que o bafeja e depois o afasta. No vidro do espelho, em lugar de seu próprio reflexo, De Monéys vê apenas uma bruma acinzentada uniforme, na qual aparecem as letras de "EU TE AMO".

Avança mancando ligeiramente, como se uma pedrinha na botina o machucasse. Puxa o relógio da algibeira. Os ponteiros indicam duas horas da tarde. No burgo, a festa de São Roque está no auge. Ele chega pacatamente à feira.

3

A ENTRADA DE HAUTEFAYE

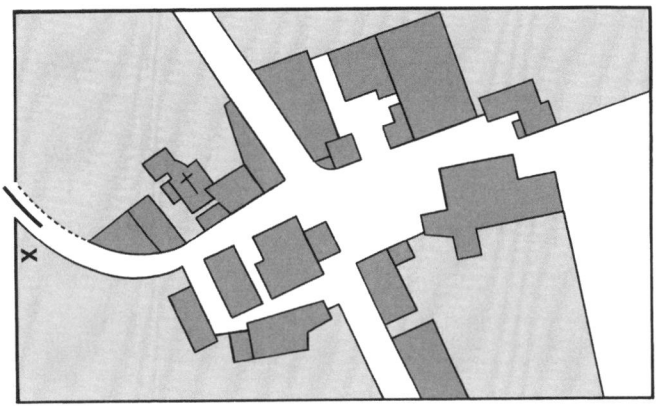

Camponeses, voltando-se, cumprimentam-no e empurram-se para deixá-lo passar. A multidão se fende, abre-se em curva. Vista do céu, parece até um sorriso. Ele entra, a boca volta a fechar-se atrás dele:

– Mas isto aqui está preto de gente!

À esquerda, o prado que contorna o jardim triangular do padre, junto ao presbitério e à igreja, tornou-se naquele dia terreiro de leitões e mercado de asnos. Dirige-se para lá. A feira não se estende pela pradaria da direita, pois, à beira da estrada, é barrada por uma mureta de pedra seca.

Muita gente continua afluindo para Hautefaye. Vem de todos os lugares. Alain olha aquela gente subir em trajes de "passeio" – chapéu de copa baixa, jaqueta curta, tamancos, fitas. Todos trazem na mão um pedaço de pau ou uma aguilhada para picar os bois. Vê aquelas pessoas subindo em filas para o cume da colina onde está situado aquele burgo promontório do qual se descortinam mais amplos horizontes.

– Mas quanta gente este ano para a festa de São Roque! Não é, Antoine Léchelle?

– Olá, bom dia sr. De Monéys. Ah, sim, nunca vi tanta afluência. O dobro do que é costume. Estão falando em seiscentas, setecentas pessoas. Num povoado de quarenta e cinco almas, é surpreendente. A multidão se espalha até o outro lado do burgo e da feira do lago seco.

– Antoine, até parece que todos os habitantes dos vilarejos da comuna, num raio de vinte quilômetros, marcaram encontro aqui. Como vai?

Perto de um cesto de vime no chão, Léchelle responde:

– Iria melhor com água! Em Feuillade não cai nem uma gota há oito meses. As colheitas se perderam. O calor forte queimou tudo. O gado está morrendo.

O camponês angustiado gira o chapéu entre as mãos:

– Dizem que é o cometa. Só faltava ele cair em cima da nossa cabeça! E o barômetro continua subindo...

Atrás dele alguns bezerros cambaleiam.

– Não estou vendo fêmeas no meio dos seus pobres animais, Antoine. Estou procurando uma bezerra para Bertille.

– Estão com as vacas, ali, à beira do lago seco.

– E como anda o comércio?

– Mal. A gente já não encontra mais comerciante quando quer se desfazer dos animais. Nunca vi uma coisa dessas. Está tudo desarranjado este ano, e as galinhas quase não estão pondo ovos...

– Ponha seus ovos na sombra, Antoine. Eles vão cozinhar nesse sol.

– Ah, é verdade. Onde é que eu estou com a cabeça hoje?

De Monéys continua seu caminho, tentando abrir passagem entre moscardos teimosos que atormentam os bichos, cheiros saturados de animalidade, gritos de charlatães, zum-zum de conversas das quais ele percebe fragmentos: "Essa seca! Daqui a pouco a gente vai chupar as pedras", "Estou com a garganta seca como um pavio. Tenho medo de cuspir e pôr fogo em tudo!". Um velhinho, comerciante de guarda-chuvas, queixa-se de não ter vendido um único naquele ano. Está dizendo isso a um alfaiate de Nontronneau – Sarlat – que, enxergando Alain por trás de seus óculos e reconhecendo o traje de verão que ele confeccionou e que tem a sua marca, ergue um polegar e pisca para dar a entender que lhe cai bem. Em eflúvios de frituras, carnes e bolinhos, que quase ninguém pode comprar, alguém conta uma piada:

– Quando o governador de Ribérac perguntou ao prefeito de Hautefaye: "O senhor tem algum radical em sua comuna?", o outro respondeu: "Nós temos água de cal, leite de cal, mas não temos rá de cal!".

Um sapateiro ri às gargalhadas:

– Esse Bernard Mathieu de vez em quando tem essas tiradas! Não sei onde ele vai buscar essas coisas. Sempre diz coisas inesperadas.

Em torno dele, é só risada, mas Alain sente que naquele ano o lugar finge alegria. Homens suando, com o corpo amorenado pela vida ao ar livre, cortam toicinho, esfregam alho em códeas e as engolem girando os olhos inquietos. Do outro lado da rua De Monéys vê o trapeiro, que ele acabou de ultrapassar a cavalo e a quem prometeu a "trapagem", sentar-se na mureta de pedra seca com ar consternado.

– Mas o que é que ele tem este ano?

Um vizinho explica:

– Piarrouty ficou sabendo ontem que o filho morreu em Reichshoffen com um tiro de metralhadora na cabeça. Chegou uma carta à prefeitura de Lussas. Um amigo dele, que estava ferido, escreveu dizendo que ele foi encontrado em mil pedaços. No entanto, ele tinha tirado um número bom, mas o filho de um farmacêutico, que tinha tirado um número ruim, comprou o dele no Pons.

O pai trapeiro, com seu pesado gancho no colo, garrafa de vinho aos pés, continua prostrado, acabrunhado por ter vendido o filho como substituto. Um burburinho vem da multidão. Formam-se pequenos grupos... Debaixo do sol, o calor torna-se pesado, opressor.

Alain toca as mãos dos agricultores honestos com os quais cruza. Pequenos proprietários como ele circulam, vindos a negócios. Nos dedos, o brilho burguês dos anéis. Entabulam conversa com rendeiros que estão sem contrato de arrendamento, combinando voltar a falar na festa de São Miguel – data na qual patrões e empregados acertam suas contas anuais. Pierre Antony, vizinho e amigo, vem no encalço De Monéys:

– Ah, Alain, gostaria de cumprimentá-lo pela eleição por unanimidade para a direção do conselho municipal de Beaussac! É mais do que justo.

Um pedreiro, também de Beaussac, tem a mesma opinião e fala do pai de Alain: "Quem deve estar orgulhoso é Amédée!". Depois pergunta:

– Do que se trata o seu projeto de drenagem do Nizonne, de que tantos falam?

– Consistiria em racionalizar o sistema de escoamento do rio que se perde inutilmente nas plantações, Jean Frédérique. As terras incultas seriam transformadas em pastagens. Nossa região insalubre se tornaria uma paisagem aprazível e próspera. Seriam obras aproveitadas ainda daqui cem anos. Hoje de manhã terminei o relatório que vou mandar ao governo.

Jean Frédérique deixa-se tomar de esperanças ao lhe apertar calorosamente as mãos:

– Ah, se isso pudesse sensibilizar os homens do ministério, você não teria perdido tinta à toa.

Pierre Antony, admirado, exclama lisonjeiro:

– Você deveria se candidatar a deputado!

– Ah, para mim já é suficiente ser vice-prefeito de Beaussac. Minhas ambições políticas param por aí.

Depois ele pergunta ao pedreiro se por acaso viu no meio da multidão o carpinteiro de Fayemarteau.

– Brut? Eu o vi agora há pouco num terraço, mas não sei se no de Élie Mondout ou no de Mousnier.

Alain de Monéys olha para as duas estalagens situadas no centro do burgo e invadidas pela multidão. Os homens estão sentados às mesas. Garrafas passam de mão em mão. Há tanta gente naquelas estalagens que Anna Mondout – a bela jovem que gostaria de saber ler e escrever – leva pichéis também à entrada da feira. Serve primeiramente os contratadores de gado que estão de pé, contra a parede do jardim do padre. Seus copos se entrechocam nas cintilações de luz:

– Ao imperador! À vitória! À destruição da Prússia, à morte de Bismarck! Esse, então, se tivesse a ideia de vir a Hautefaye, nunca ia esquecer a viagem...

Em seguida ela serve seu néctar em tigelas de cavouqueiros, capadores de cavalos, segeiros, que gostariam de saber:

– É chuva que você está trazendo aí?

– É *noah** de Rossignol.

Os homens degustam e diagnosticam:

– *Fio* da puta, isso sobe até os chifres.

Dão três soldos e acham que o vinho é caro. Anna – miudinha, pálida, olhos negros por trás de cílios longos –, de vestido cinzento e verde, se vai. Seu chapéu de palha voa, e o sol purpureia nos seus cabelos. Perto dela, um vendedor oferece exemplares de um pacote de jornais que acaba de chegar pela barca de Nontron. Mesmo os que só sabem ler algumas letras garrafais logo compram um jornal e tentam decifrar a manchete do *L'Écho de la Dordogne*. Alguns seguram o jornal de cabeça para baixo:

– Não trouxe os óculos. Alguém pode ler o que está escrito?

Um homem alto, de costas, sobrecasaca preta, lê em voz alta o título sobre cinco colunas, que Alain não quis

---

* Dizia a lenda que esse vinho enlouquecia. Oriunda de uma cepa híbrida norte-americana que serviu à pesquisa contra a filoxera, essa uva foi plantada em algumas regiões francesas após a destruição dos vinhedos pela epidemia do século XIX. O vinho foi proibido em 1930, por causa do metanol que continha. (N.T.)

ler para a mãe: "DERROTAS EM FROESCHWILLER, REICHSHOFFEN, WOERTH, FORBACH", e resume, comenta o editorial que está embaixo:

– As coisas para os exércitos franceses na fronteira não vão tão bem quanto se poderia desejar. O imperador está frito. Queimou todos os seus cartuchos.

De Monéys reconhece a voz arrogante. É a do primo, Camille de Maillard, que prossegue com loquacidade:

– Essa guerra incompreensível, autodenominada "vigorosa e alegre", está virando um desastre. No entanto, o ministro da Guerra tinha prometido: "Estamos prontos, hiperprontos. De Paris a Berlim, vai ser um passeio, de bengala na mão". Pois bem, vamos dizer o que é... Reichshoffen foi uma carnificina.

Na mureta, Piarrouty ergue e gira os olhos. Para as pessoas que estão ao redor do primo de Alain, a notícia bate como um soco. Alguém se revolta:

– Não é verdade! É impossível! Você não está dizendo o que está escrito! O imperador que venceu os austríacos na Itália e os russos na Crimeia não ia conseguir enfrentar os prussianos? Que que é isso...

– Nossos exércitos precisaram recuar para o outro lado do Mosela! – afirma De Maillard. – Está escrito no jornal.

Um silêncio de camponeses se instala em torno do arauto de más notícias. Muitos olham para os pés ou para os lados. O cavouqueiro de Javerlhac parece consternado porque seu cálice já está vazio, e ele não tem recursos para enchê-lo de novo:

– Você é uma besta...

Um serrador de Vieux-Mareuil contempla um moscardo que anda sobre seu dedo:

– ...E não sabe ler, que nem nós...

A mosca sai voando e pousa no nariz do magarefe de Charras, que a enxota:

– ...Os franceses não recuam jamais!

Mas De Maillard insiste. Agora deixa em pânico os pais de soldados, afirmando que sabe de fonte segura que os últimos combates foram ainda mais mortíferos do que está escrito no *L'Écho de la Dordogne*, que o governo deu ordem de não divulgar os verdadeiros números para não disseminar pânico na população... que a guerra está perdida, que Napoleão III será derrotado e talvez nada mais possa deter o avanço dos prussianos na França. "Que dó", solta com afetação, mas ninguém ouve seu suspiro.

Sua análise pessimista da situação provoca indignação. Um asno zurra. Os porcos dão focinhadas nas tábuas. Dois homens, de avental de couro, armados de uma aguilhada, tangem um bezerro. Os estanhadores começam a fazer seus caldeirões tilintar a golpes de malho. Os contratadores de gado, com chicote em torno do pescoço, aproximam-se, falam cada vez mais alto. Os eflúvios de *noah* incham os cérebros. Um camponês, retorcendo com a mão o pano de sua jaqueta e sem se arriscar a levantar os olhos, resmunga com voz surda:

– Se não é uma desgraça ouvir uma coisa dessa. Parece até que muita gente está contente com tudo isso...

A vinhaça empesteia as bocas que se abrem:

– Viva a Guarda Nacional!

Perto de Camille de Maillard, seu criado Jean-Jean deve pressentir que há perigo, que a ruína do comércio, a seca e agora o medo da invasão envenenam o clima da feira. Cochicha alguma coisa, como um conselho urgente, ao pé do ouvido do patrão. De Maillard vira a cabeça de perfil. Alain o reconhece completamente, de suíças cortadas à Luís Filipe. De repente, o arrogante cai fora, empurrando as pessoas, pulando por cima da mureta à direita da rua, correndo em companhia de Jean-Jean pelo prado em declive que desce para um pequeno bosque. Três camponeses também pulam a mureta atrás dele – parece brincadeira de crianças, soldadinhos de chumbo num cobertor de lã verde –, mas os agricultores logo param, atrapalhados por seus tamancos. De Maillard e o criado põem sebo às canelas. Algumas pessoas parecem furiosas por tê-los deixado escapar. Os perseguidores voltam. Depois de passarem de volta a mureta de pedra seca, observam os arredores. De Monéys dirige-se para eles, rindo e mancando:

– E aí, amigos, o que está acontecendo?...

– É o seu primo – explica um vendedor ambulante. – Ele gritou: "Viva a Prússia!".

– Como? Não! Deixe disso, eu estava aqui ao lado e não foi isso o que ouvi. Além disso, eu conheço muito bem De Maillard e tenho certeza de que um grito desses nunca sairia da boca dele: "Viva a Prússia"... Por que não "Abaixo a França!"?

– O que é que o senhor acabou de dizer?

– O quê?

– O senhor disse "Abaixo a França"...

– Hein? De jeito nenhum!

A entrada de Hautefaye 27

– Disse sim! O senhor disse "Abaixo a França".
– De jeito nenhum, eu não disse isso! Eu...
O vendedor ambulante pergunta às pessoas que estão perto da mureta:
– Quem o ouviu gritar "Abaixo a França" levante a mão!
Um braço se estende para o céu:
– Eu, eu o ouvi dizer "Abaixo a França"...
Outras mãos se levantam, cinco, dez... Camponeses que talvez nem tivessem ouvido a pergunta, vendo os outros, levantam a mão também. Algumas pessoas perguntam aos vizinhos do que se trata.
– Alguém aí gritou "Abaixo a França!" – uma floresta de braços se ergue para dar testemunho disso.
– Quem gritou "Abaixo a França"?...
– Aquele ali.
Jean Campot chega à esquerda de Alain, puxa-lhe a orelha. Seu irmão Étienne larga o cabresto do cavalo Júpiter e dá uma bofetada com toda a força em De Monéys. Frédérique, vindo pela direita, desfere seu soco de pedreiro na boca do estômago dele!

4

A MURETA DE PEDRA SECA

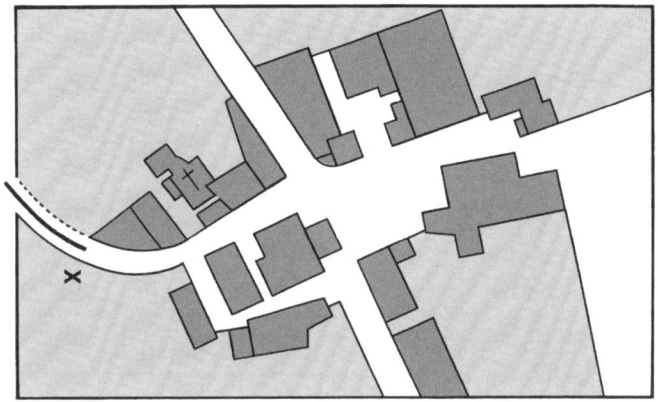

De joelhos no chão, à beira da estrada, respiração cortada e olhos fechados, um véu uniforme enche o olhar de Alain. Espera que apareçam as letras maiúsculas de "EU TE AMO", mas ouve:

– Lixo, estrume!...

Abre os olhos, levanta a cabeça e descobre acima de si uns cinquenta rostos odientos, apinhados. Aquelas íris, que só refletiam brandura para a sua pessoa, assumiram um tom de fel que dói ver. Recobrando o fôlego, ele se levanta e, com voz estrangulada, dirige-se aos outros:

– É um equívoco, amigos. Vocês estão enganados...

Alguém o ameaça com o punho:

– O sucesso de nossos inimigos deixa o senhor alegre!
– De jeito nenhum!
– Estava sorrindo!
– De jeito nenhum!
– A gente vai lá morrer, e o senhor fica!
– De jeito nenhum, daqui uma semana eu parto como simples soldado...
– O senhor manda dinheiro para os prussianos!
– Eu seria louco se mandasse dinheiro para o inimigo quando vou partir para o combate...

Pierre Antony chega, encontra Alain lívido e murmura a seu ouvido: "Fuja depressa". De Monéys volta-se mas não consegue escapar. Algumas pessoas que transpuseram a mureta de pedra seca postaram-se atrás para impedi-lo de fugir como fizera o primo. De qualquer modo, por causa da perna manca, ele não teria conseguido correr depressa nem chegar muito longe. Tem um momento de vertigem e vê Piarrouty vindo devagar por cima da mureta, segurando seu gancho de pesar sacos de andrajos. As próprias pernas de Alain estão um farrapo. Ele cambaleia como os bezerros de Antoine Léchelle, que, puxando-o pelo casaco e fazendo-o girar, começa a ultrajá-lo como muitos outros:

– Porqueira! Canalha!...

Ele acha que vive um pesadelo. Procura em torno de si um rosto que não esteja cheio de ódio. Antony foi agarrado pelo pescoço e puxado para trás pela multidão: "Dê o fora, você!" Na vida de Alain, nunca aconteceu nada mais farsesco e carnavalesco. Linda cambulhada de balé turco.[10] Não adianta fazer as pazes com todos: "Amigos, amigos!...", só recebe insultos. O público rumina sua glória.

Tempestade de ira e turbilhão de injúrias![11] Ah, pobre de quem cai nessa horrenda fogueira... Melhor seria um urso e as suas patadas.[12] Varinhas traiçoeiras lhe açoitam as faces. Chicotadas, chibatadas, seu traje tem agora algum detalhe trocista[13], falta um botão. Um fio se desmancha. De onde vem esta mancha? – ah, seja malvinda. Um golpe de aguilhada lhe enfia o chapéu até os olhos. Alguns gritam: "Bem feito, em cheio!". Ele quer pôr de novo o chapéu. Este lhe é arrancado. O chapéu voa para a multidão. É passado de mão em mão, disputado, usado. Atrás deles, um rateiro mata ratos a dentadas perto de um escaldador fervilhante de bichos cinzentos, e o velho Moureau, na sua barraca, convida a dar pedradas em seus galos: "Um soldo, três pedradas! Quem matar um galo leva".

Contra o muro do jardim do padre, Anna Mondout olha De Monéys, boquiaberta. Um ar de infinita bondade transparece em seu olhar cativante e frágil. Natureza sensível, está atenta aos olhos de Alain, quase em prantos naquela incerteza. Ele tem medo. Precisaria a qualquer custo de socorro pronto e forte. Felizmente, uma nesga de céu se abre como uma porta. Philippe Dubois e Mazerat – camponês de jaqueta e lenhador barbudo – se interpõem diante de seus agressores. Aparam com mais ou menos habilidade os golpes que lhe são destinados. O moleiro de Connezac – Bouteaudon – chega, por sua vez, gritando para as pessoas: "Parem!". Antony, cara redonda, volta e enfrenta Jean Frédérique, que grita a plenos pulmões, apontando para Alain:

— É um traidor, um espião, um inimigo... um prussiano!

Todos, atrás dele, logo repetem em coro: "É um prussiano!" e provocam mais ainda os outros de trás: "Venham aqui, a gente agarrou um prussiano!".

– Um prussi-i-iano!... – berra o pedreiro de Beaussac a ponto de ficar rouco.

– Ô, seu cretino – diz Pierre Antony –, não é um prussiano, é Alain de Monéys! Faz dez minutos, antes de você dar um soco no estômago dele, imbecil, estava pedindo na minha frente que ele lhe explicasse o projeto de saneamento do Nizonne. Estavam conversando!

– Nunca falei com prussiano!

– Pelo amor de Deus, Jean Frédérique, você até votou nele!

– Não é verdade!

– Eu te vi, quarta-feira passada, saindo da cabine de votação da prefeitura de Beaussac...

– Não votei nele!

– Mas Frédérique, ele foi eleito por unanimidade. Todo o mundo votou em Alain.

– Não votei nele!

– E fez muito bem!... – gritam os outros ao redor. – Não se vota em prussiano!

– Jean Frédérique, ei, Frédérique, acorde! – exclama Antony agitando os braços como que para tirar o outro de alguma espécie de sonho. Mas, por cima dos ombros do defensor, o pedreiro de Beaussac consegue dar uma paulada bem no rosto de Alain, o que lhe faz dar dois gritos:

– Ach! Ô...

– Vocês ouviram: "Ach so!". Ele está falando alemão. É um prussiano!...

Gritam homens de tamancos, meninos, velhos, mas pouca gente entre dezoito e trinta anos (esses foram para a guerra):

– É um prussiano! Prussiano, cabeça de cão, prussiano!

De Monéys, antes sem apelido, agora tem um. Por mais que repita: "Sou Alain de Monéys, Alain de Monéys", suas palavras deslizam sobre a multidão sem ouvidos. É a recusa a aceitar sua identidade real. Bouteaudon, Dubois, Mazerat e Antony, porém, não param de clamá-la, mas a horda de chapéu de palha não quer ouvir nada.

– É um inimigo, precisa sofrer!...

Um carrancudo senhor que Alain não esperava, arisco qual cavalo de raça[14], berra que ele é um prussiano e ergue bem alto o seu porrete. Mazerat segura-lhe o braço:

– Infeliz, você ia bater no sr. De Monéys.

– Cale a boca e deixe a gente defender a pátria. É um prussiano. Vamos dar uma surra nele, pelo amor de Deus!

Alguém dá um pontapé no traseiro de Alain.

– Vai, grita "Viva o imperador", prussiano porco!... Vai, grita, saco de merda, grita!

Ele resolve:

– Viva o imperador!...

– Mais alto, prussiano, mais alto!

Leva safanões de matar um cavalo, golpes de aguilhada nos braços, nos ombros. Sua camisa se rasga.

– Batam, para fazer chover...

Algumas pessoas abrem caminho a cotoveladas e se aproximam da primeira fila. Alain recua com o empurrão e encosta na mureta de pedra seca. Lá, recebe tamanho golpe no crânio que acha que sua cabeça vai explodir. Dá um giro, descobre sua sombra absurda a deslizar ao longo da mureta na qual está Piarrouty, com o gancho ensanguentado nas mãos. De Monéys tomba entre os hurras e arrasta o estrépito de cascalhos da mureta, que desaba até a velha cerejeira mais adiante. Logo se levanta, escorregando, derrapando ridiculamente sobre as pedras, põe os braços na cabeça e depois os estende à frente. As mangas do paletó de nanquim amarelo estão manchadas de vermelho. "Puxa, minha roupa está manchada. Não vou poder voltar assim para Bretanges. O que eu vou dizer para minha mãe?" Do fundo de seu coração emerge alguma coisa parecida com vergonha. Cabeça ferida e sangue a correr pela nuca. Correm também as lágrimas, mas sem exagero. Tudo vai se ajeitar, eles vão ter de voltar à verdade. De longe, Anna, com os dedos verticalmente à boca, contempla-o, alarmada, belos olhos sérios nos quais se introduz a alma de Alain. Mas de novo ele é apanhado sob a amável chuva de tapas.[15]

Pobre coração sem sorte, vítima de um grupo de fantasmas que dançam como átomos no calor opressivo daquele verão que os torra. Antony é de novo empurrado para trás pela multidão, assim como os outros aliados. Alain está sozinho. Aquele que falava com Piarrouty quando ele os ultrapassou na vinda para o burgo – Mazière – berra com voz estridente de rouxinol. Dá um pouco de dor de cabeça. Ó faces, odores, gritos!

Uma vociferação áspera de górgona eleva-se ao redor dele. Alain vira-se em sua direção. É a mulher do professor (a mulher do professor?), em pé numa carroça, de varais erguidos. Peito inflado, seios dilatados a explodirem para fora do corpete, a sra. Lachaud tonitrua: "Enforcar o prussiano!". Imediatamente, corre com fúria no ar esta canção tremulante como a bandeira do Império: "Enforcar!".

De Monéys está abismado:

– Me enforcar?!...

5

Velha cerejeira

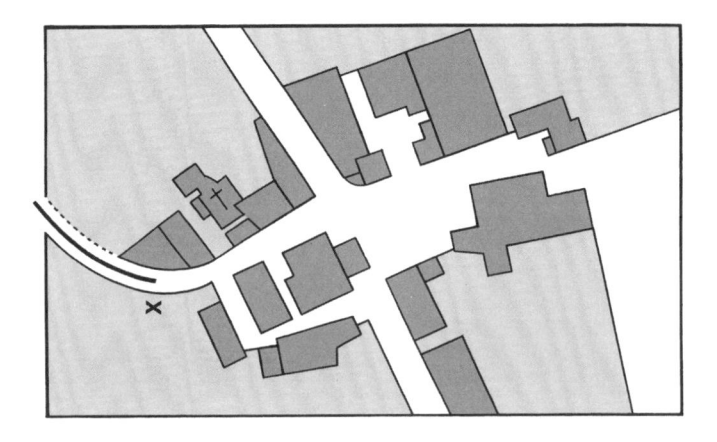

Étienne Campot desata rapidamente o cabresto de cânhamo que circunda o pescoço grosso de Júpiter e o entrega ao irmão mais novo: "Pegue isto para enforcar o prussiano naquela cerejeira velha que fica em frente ao jardim do padre"; depois também ordena: "Thibassou, você, que parece ágil como um passarinheiro, vá ajudar Jean!".

E enquanto, entre os insultos – "prussiano veado!" –, Alain já está amarrado e tem mãos e pés atados, o adolescente, a quem De Monéys dera a moeda para guardar seu cavalo, escala a velha cerejeira com a rapidez de um esquilo.

O tronco da árvore centenária tem forma de "S" e, à direita, um galho comprido paira sobre a mureta agora desabada. Thibassou, todo prosa porque aquele enforcamento vai lhe dar a feliz ocasião de se integrar aos trabalhos dos homens, quer mostrar serviço. Depois de amarrar a corda ao galho, enquanto Jean Campot confecciona um nó corrediço em torno do pescoço de Alain, o adolescente trepa na árvore e, em pé, equilibra-se, contempla a multidão, chama:

– Anna Mondout, Anna! Olhe. Estou ajudando a enforcar o prussiano!

Thibassou dá pulos para comprovar a resistência da madeira, mas o galho se quebra, cai com ele sobre vários agressores que, machucados, injuriam Alain e vingam-se batendo nele:

– Prussiano porco, você decidiu mesmo encher o saco da gente!...

Miolos fervendo, ao pé da árvore há um bate-boca entre agricultores e serradores. Um, que vende tábuas em Vieux-Mareuil – Roumaillac –, põe a culpa no mais velho dos Campot:

– Também, que ideia enforcar um prussiano numa cerejeira, árvore de galho quebradiço, todo mundo sabe! Você devia saber disso, Étienne! Que raio de lavrador!

– Ah, sim, mas... – desculpa-se o mais velho dos Campot. – Você é gozado, Roumaillac, a gente não está acostumado. Prussiano é coisa que nunca enforquei. Eu nem sabia como é que se faz isso!

Sob a árvore fatal, onde farfalha a desumanidade, Alain lembra um detalhe:

– Não sou prussiano... Amigos, é um soldado francês que vocês querem enforcar...

Campot lhe dá um bofetão (é a segunda vez):
– Cala o bico, Bismarck!
A multidão aplaude:
– É ele mesmo que a gente precisa enforcar!
Naquele puro senado de loucos, alguém propõe:
– E se a gente enrolasse a corda mais em cima, onde algum galho encontra o tronco?
– Nada mau – aprecia Roumaillac profissionalmente. – Ali vai ser mais resistente. Mãos à obra, amigos!
Fortes soluços agitam a camisa de Alain, que, atrás da multidão, ouve uma voz chamar entre dois braços que gesticulam:
– Padre! Padre! Padre Saint-Pasteur!...
É Anna, que invadiu o jardim do padre e foi correndo bater à porta do presbitério, que se abre:
– O que foi, o que está acontecendo?
A sobrinha de Élie Mondout tem um ataque de soluços, como Alain:
– Eles-eles-eles estão lá na estrada, uns cem, em volta do sr. De Monéys, estão batendo nele, estão batendo como num saco de pancadas! Querem enforcar... Vão enforcar ele, estou dizendo!
Victor Saint-Pasteur volta para dentro e sai logo depois com uma grande pistola.
– O senhor tem arma? – espanta-se a engomadeira de Angoulême.
– Herança de um tio militar!
O padre de Hautefaye, de batina, pula o muro de seu jardim e já está na estrada: "Deixe-me passar! Para trás!".

Aponta o revólver para as pessoas que lhe barram o caminho: "Para trás!".
— Deixa ele com a gente, padre. Ele só está recebendo o que merece! É um prussiano!
— Calem-se! Então blasfemando, imbecis! É o vizinho de vocês!
— É ele que está blasfemando. Está gritando "Abaixo a França!".

O atlético Saint-Pasteur — espadaúdo, pescoçudo, sotaque dos Pirineus: "Saiam da frente, saiam da frente, idiotas!" — consegue chegar quase até De Monéys e mira o trapeiro que está levantando mais uma vez o seu gancho acima do crânio demolido. O padre encosta a pistola no nariz dele:
— Larga isso, Piarrouty, ou eu atiro!
— Mas, padre, é por causa dele que encontraram meu filho todo despedaçado...
— Larga esse gancho ou eu atiro!

Antony chega até o padre, agarra a ferramenta do trapeiro, joga-a fora, retira a corda do pescoço de Alain e está desfazendo os nós enquanto algumas vozes se elevam:
— Antony e o senhor, padre, são traidores!...
— Gritem "Abaixo a França!" se tiverem coragem! — diz um deles.

O padre volta-se e brada com um vozeirão de cruz-credo:
— Não senhor, eu grito "Viva a França!". Faço peditórios pelos nossos feridos e orações pelos combatentes! Vocês saberiam mais se aparecessem mais vezes na igreja de Nossa Senhora da Assunção...

— Então tá, se o senhor grita "Viva a França", então paga uma bebida pra gente – exige o cavouqueiro de Javerlhac. – Mande servir vinho da missa grátis. Assim a gente tem a ocasião de beber à saúde do imperador!

O padre de Hautefaye hesita meio segundo, depois exclama:

— Está bem! Espero todos no presbitério. E o sr. De Monéys vai brindar conosco.

— Quem, esse aí?

— O homem que vocês estão maltratando, incréus!

— O prussiano?

Muitos largam a presa e correm para o jardim do padre, que distribui os copos e serve pessoalmente todos os que se apresentam. Anna também enche copos, para espanto do tio, que acaba de chegar perto do presbitério:

— Será que eu estou sonhando?... Em vez de nos ajudar na estalagem, você está dando uma mão ao padre, que faz concorrência desleal?

— Mas, tio Élie, é porque, se o senhor soubesse, se o senhor soubesse o que...

— Epa! Não quero ouvir nada. Volte para casa, pegue os baldes e vá ordenhar as cabras no estábulo do prefeito. Há senhoras esperando.

— Mas, titio...

— Vá depressa, ou prefere voltar a ser engomadeira em Angoulême?

Enquanto o estalajadeiro arrasta a sobrinha, as pessoas apreciam o vinho da missa:

— Este, sim, faz um bem danado.

– No fim, até que foi bom quebrar a cara daquele prussiano, senão a gente não tinha nada para beber!

O padre serve de novo, brinca, emborca o copo para quebrar o ímpeto de violência com aquele ritual de cordialidade. Escancara-se como uma igreja.[16] Jesus perdoa bilhões de vezes pela boca do padre:

– Bebam com moderação, mas, diacho, não vão ficar batendo num inocente até perder o fôlego!

Thibassou, hesitante perto de Alain, agora se atreve:

– Até que enfim já sou homem: quase enforquei um prussiano!...

Seus catorze anos vivazes, magros[17], juntam-se aos pais de família que gritam:

– À saúde da imperatriz e do príncipe imperial!

O jardim do presbitério, onde tremula o vento, em pregas de glória[18], logo se enche de gente. Outros, que ficaram ao redor da cerejeira, para lá se dirigem finalmente, a fim de aproveitar também a distribuição gratuita: "O padre disse, é sempre bom ouvir o padre!". Alguns caminham em direção à feira de asnos, ou às estalagens do burgo, para exibir o porrete manchado do sangue de Alain. Alguns retomam as transações à beira do caminho: "Bom, quanto é mesmo que você queria por esses dois frangos magrelas?". A multidão se divide, descansa.

O grande galho da cerejeira, caído ao chão, estala e suas folhas secas fazem um ruído de papel amassado. Alguns sapatos e tamancos derrapam nos escombros da mureta. São Antony, Dubois e Mazerat, que chegam e amparam De Monéys com os braços, perguntando-se:

– Para onde levá-lo? A gente não pode fazê-lo atravessar o prado em direção ao bosque. Do jardim do padre ele logo seria visto, e como quase não pode correr...

– Voltar até o alazão é arriscado – supõe Mazerat. – Muitos daqueles que bateram nele foram se gabar disso lá no parque dos leitões. Se o vissem passar...

Bouteaudon, que se une aos outros companheiros, sugere:

– Vamos levá-lo para a prefeitura.

– Não existe prefeitura em Hautefaye – responde Antony –, mas é verdade que a gente poderia levá-lo à casa do prefeito ferrador. Vamos, venha, Alain, para a casa de Bernard Mathieu – disse em seguida. – A gente vai tirar você daqui. Esse pessoal perdeu a cabeça...

– Obrigado, Pierre, Philippe. Obrigado, meus amigos. Acho que, sem vocês e o padre, eles teriam me retalhado...

O robusto moleiro de Connezac apoia-o em seus braços fortes, como se ele fosse um saco de farinha:

– Deixe que eu o leve, sr. De Monéys.

Alain olha com carinho aquele protetor que ele mal conhece de vista:

– Ah, meu amigo, aceito.

– Aproveitando a distração do padre, por que estão levando ele para a casa do prefeito? – zanga-se o carniceiro de Charras, que os persegue.

– Se for preciso dar explicações, elas serão dadas diante do único representante do imperador da comuna – responde Antony.

– Não vai ser assim, não! Ele vai ficar com a gente! É nosso! – exclama o carniceiro. – Vou avisar os outros. Ei, pessoal!...

Pierre, que ignora essas ameaças, pergunta a Alain como ele se sente.

– Tenho tanta dor de cabeça.

– Ah, claro, aquele Piarrouty te fraturou o crânio. Mas o prefeito vai mandar buscar o dr. Roby-Pavillon em Nontron e ele vai dar um jeito nisso. Um dia você ainda vai rir disso.

Enquanto avançam pelo burgo, com a pobre cabeça queimando, De Monéys geme:

– Eles me confundiram com um prussiano...

– É porque eles negam o que está evidente e tentam exorcizar a derrota com a qual eles se recusam a se conformar – analisa Dubois.

– Batendo em você, aquela gente achava que estava dando ajuda em massa ao imperador da França.

– Ah, é isso aí...

Desde então, Alain vai flutuando, zonzo e como ébrio. Eis aí.[19]

6

A PORTA DO PREFEITO

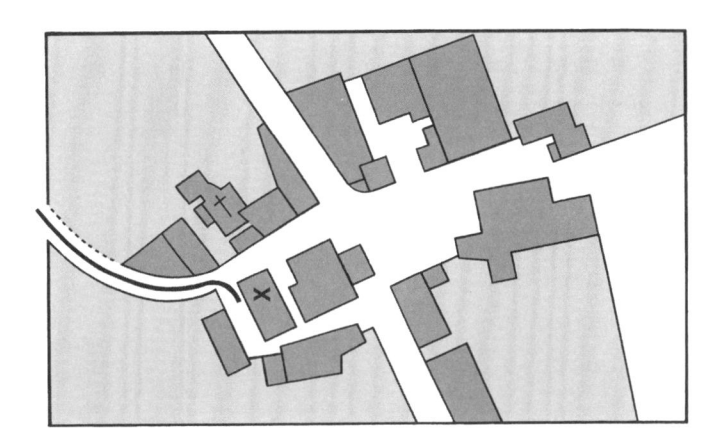

Ele, que dizia: "A dura prova terminou, meu coração poderá de novo sorrir para o futuro", sente que a ilusão fecha as asas.

– Calma aí, isso não fica assim! – exclama o queijeiro de Jonzac.

A multidão recomeça a cantilena sobre ele:

– É ele, ele!... A causa de nossos sofrimentos!

Logo chega gente colérica, correndo, do jardim do padre, da feira de asnos e leitões, das duas estalagens situadas no centro do burgo, onde os agitadores alertaram os outros: "Encontramos um prussiano na feira!".

– Um prussiano?!

Então, de repente, como uma tempestade horrível, enorme, tantos clamores rolam de todos os lados para os ouvidos de Alain, e ele tem medo. Afinal, aquele ruído não é para anunciar suas bodas. Tal como um exército, eles voltam à carga, espumando – homens de jaqueta e chapéu, algumas mulheres de birote, saia de pano cru e lenço na cabeça.

– Vamos, vamos! Pega o prussiano! Pega o prussiano!

À beira da estrada, algumas pessoas saqueiam a pilha de lenha do presbitério para armar-se com "bons porretes". São cerca de trezentos com paus, foices e forcados. E eis que de novo De Monéys é acolhido por todos a socos, ainda nos braços do moleiro de Connezac, que se vê obrigado a recolocá-lo no chão, pois também está apanhando.

Ó quantos beijos, e que abraços loucos! Ajoelhado no chão, até Alain riria em meio aos golpes e ao pranto.[20] É como se o público, um pouco antes, tivesse afrouxado um pouco a pressão, dando algum tempo aos defensores, para depois poder gozar mais o aniquilamento de suas esperanças. A efervescência vence, e a sede de sangue está lá.

– Nada de rato de porão em Hautefaye! Ele precisa ser destruído!

As malhas do rumor hostil se fecham. Seria possível acreditar num jogo de quermesse – boliche, pau de sebo, roleta, pula-saco ou modernas corridas de velocípede. O velho Moureau sai de seu estande de tiro ao galo e lhe dá um grande pontapé na cabeça que arranca uma mecha de cabelos. Junta-se aos outros, mostrando a ponta do tamanco sujo de sangue com cabelos colados:

– Não errei.

– Muito bem, foi você que ganhou um galo! – clama a população.

Indignado, o rendeiro Philippe Dubois aponta o indicador para o vovô de Grand-Gillou:

– Velho maluco, é melhor você pensar no dia em que vai ter de acertar contas!...

No imenso esforço de se reerguer naquele circo de erros[21], protegendo a cabeça, de nada adianta Alain lembrar: "Entendam como quiserem, boa gente, não é isso; estou dizendo que não sou o que vocês pensam. Não sou prussiano...", a vindita popular o fere, malignamente, a golpes de forcado, que coisa![22] E Thibassou (catorze anos) também sente um prazer cruel em feri-lo, pede um facão.

Os protetores lutam para fazê-lo percorrer alguns metros que o separam ainda da estreita ruela para a qual dá a casa do prefeito em frente à sua oficina de ferrador. No fim, fica o estábulo.

– Bernard Mathieu! Bernard Mathieu!

No alto de três degraus, abre-se a porta da casa, que serve de prefeitura nas noites de reunião de conselho e nos dias de eleições. Um homem gordo, de 68 anos, sai mastigando e enxugando as mãos na faixa tricolor que cinge seu peito como um guardanapo. Fica ali parado e, com a testa franzida, observa Antony e Dubois a trazerem Alain até ele:

– Sr. prefeito, sr. prefeito! Este é o sr. De Monéys, que está sendo maltratado! É preciso protegê-lo! Deixe-o entrar em sua casa!

Bernard Mathieu, que acabava de descer um degrau, volta a subi-lo, percebendo naquele momento o espetáculo de toda aquela gente a precipitar-se pela ruela para ferir

Alain com tamancadas, aplicar-lhe mil patadas em forma de censuras bem sentidas.[23] Eles têm a voz dos gatos! Os assovios vêm e vão[24] enquanto Mazerat, alto e barbudo, não admite a inércia do oficial municipal de Hautefaye:

– Mas faça alguma coisa logo, sr. prefeito! Essa gente está louca. O senhor conhece o sr. De Monéys!

– Conheço, conheço... Ele não é da comuna.

Alain procura proteger-se com os braços. Mas, ai, nem sequer tem forças nas suas roupas rasgadas de uma maneira triste e louca na verdade.[25]

– Mas, Bernard Mathieu, ajude a salvá-lo, senão o que é que vai acontecer?

O prefeito balbucia:

– E o que é que vocês querem que eu faça sem policiais? Quem são essas pessoas que estão querendo pegá-lo, estrangeiros?

– Não, o senhor conhece todo mundo! Olhe: Campot, Léchelle, Frédérique e os outros... Dê ordem para que eles deixem Alain em paz.

Mathieu desce dois degraus:

– Ei! Ei! Vocês aí, acabou, certo? Deixem esse senhor. Se vocês têm alguma coisa contra ele, vão procurar a justiça...

– A justiça somos nós! – grita Roumaillac.

– Justiça de loucos! – comenta Antony.

"Mathieu, eu suplico que deixe Alain entrar em sua casa!", insiste Mazerat. Mas a mulher do prefeito, na janela aberta perto da porta, não tem a mesma opinião:

– Para quebrarem a louça da nossa casa, que que é isso? Bernard, volte para a mesa!

Aquela avó tem as mãos postas sobre os ombros da neta de oito anos, que chora e entra em pânico ao ver o dilúvio de socos e paus que se abate sobre De Monéys entre nesgas de luz, poeira e névoa. Avô atencioso, Mathieu pede:

– Alain, vá brincar mais longe, você está fazendo minha neta chorar!

– Mas não é possível, esse prefeito... os absurdos que ele consegue dizer !... – lamenta Bouteaudon.

– O que você vai fazer, Bernard? – pergunta Antony.

– Terminar minha porção de toicinho e meu pedaço de bacalhau.

Atrás do primeiro oficial municipal, Alain vê o interior da casa à qual não lhe dão acesso – um único leito, uma arca desconjuntada, quatro cadeiras, cortinas outrora brancas, agora sujas de excrementos de percevejos. O prefeito de Hautefaye bate a porta sobre o brilho fenecido daquele vil cenário. Uma chave dá duas voltas dentro da fechadura. O sobrinho dele, bigodudo, Georges (padeiro em Beaussac), chega correndo e dá socos nas folhas da janela, que a tia acaba de fechar também:

– Titia, titio, abram, é só para o sr. De Monéys, precisam protegê-lo!

– Não temos nada a ver com isso!

Acuado contra a parede, Alain enfrenta os brutos com sua voz suave:

– Meus amigos, vocês estão enganados. Estou disposto a me sacrificar pela França...

François Chambort – que, na infância, pescou lagostins com Alain – agarra-o pelos cabelos:

— Nem dúvida que você vai sofrer, a gente vai te fazer sofrer!

De Monéys preocupa-se ao ver seu ex-companheiro de brincadeiras, que se tornou ferrador em Pouvrières, premeditar ali, diante de seus olhos, algo de temível, inflexível e furioso. O ferrador bufa ruidosamente sobre seu chapéu e ordena com voz de vaqueiro:

— Levem o prussiano para a oficina aí da frente! Sei usar aquilo direitinho! A gente amarra ele no tronco e ferra feito um cavalo!

7

A OFICINA DE FERRADOR

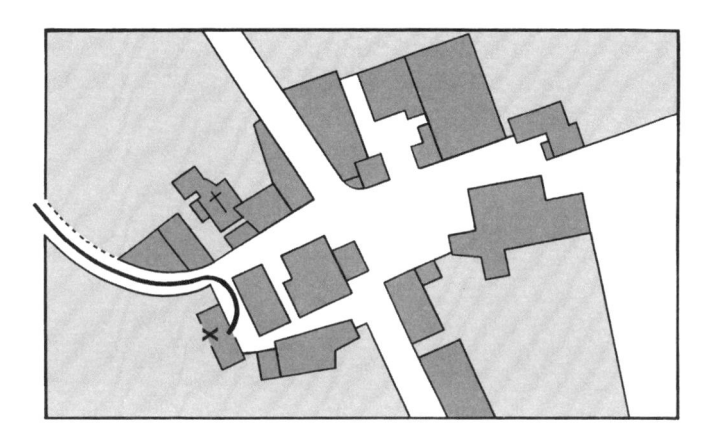

Os irmãos Campot arrastam-no para a oficina. Buisson e Mazière lhe dão tamancadas nas canelas para fazê-lo andar mais depressa. Chambort dirige a manobra. A multidão se apinha. A sra. Lachaud berra: "Capa ele também, esse filho da puta! Assim ele não vem mais atrás das nossas moças...".

Fazem-no avançar entre os quatro pilares de um tronco de ferrar, conseguem empurrá-lo para um aparelho normalmente destinado a bois e cavalos.

Deitado de costas entre as madeiras do tronco, com pés e mãos atados, ele grita com voz débil "Viva o imperador". Os outros o cercam, apertam, demora.[26] Correias e cordas são esticadas, comprimem-lhe o ventre, a garganta. Sente-se estrangulado, tosse. Suas pernas remexem-se no vazio. Duroulet, o cavouqueiro de Javerlhac, arranca suas botinas acaju, um outro tira suas meias de seda cor de ameixa. No meio daquela gente toda, Lamongie – lavrador gordo e ruivo – brande uma enorme tenaz. De Monéys conheceu-o criança, caçaram passarinhos juntos. Lamongie diz:

– Vamos cortar direitinho os cascos do prussiano!

Um peru, de papo inchado, foge e sai batendo as asas entre as pernas daquela gente. Lamongie pinça a primeira falange do dedão do pé direito e puxa como para arrancar um prego. Cai para trás com a falange na pinça. Alain urra!... A multidão ri. Chambort ocupa o lugar do outro, aplica uma ferradura sob a planta do pé estropiado e, de uma vez só, planta um cravo que lhe estoura o calcanhar. Os vinte e seis ossos do pé de Alain parecem estourar também. A dor sobe até o joelho, a virilha, apodera-se de seu ventre, sufoca-lhe o peito, crispa-lhe os ombros, provoca uma explosão em seu crânio. Chambort planta a segunda ferradura no outro pé. A cabeça de Alain dardeja no ar olhos desorbitados e salta em atitudes estranhas. Todas as suas lembranças se abatem sobre ele, nau desamparada, tomada de abordagem por uma tripulação que grita com vozes fúnebres[27]: "Animal imundo!".

Triste corpo, tão fraco e também tão punido[28], enchem-se de formigas os calcanhares. Estrépito de quinhentos trovões.[29] Sua carne vira obscena. Sua alma flui em sonhos loucos[30] entre aqueles insetos cavilosos, que dão nojo só de estarem no mundo. Vindo à feira, seu sonho estava no baile, vê se tem cabimento![31] Não reconheceu seu destino. Hoje, chegando sua vez, até o diabo pediria perdão[32], enquanto Alain vê voar, estupidamente pelo ar, vários de seus dedos a saírem da tenaz de Lamongie.

Na janela da oficina, a mulher do professor lhe faz caretas, está mostrando a língua e a enrola e gruda ao vidro sujo, quando chega um gritalhão:

– Venham! Venham, o padre está pagando a bebida! Como acabou o aguapé da missa, ele agora está trazendo garrafas fechadas do porão, vinho velho, *pineau* etc. Todo mundo está convidado!

– Primeiro precisa acabar de cortar os cascos do prussiano – diz Lamongie.

– Depois a gente volta! Venham brindar. Deixa ele aí sofrendo. Amarrado desse jeito, não vai longe. Ficam uns voluntários montando guarda na frente da porta enquanto a gente molha a goela no jardim do padre, que também abriu o presbitério e até a igreja para caber mais gente. Vamos encher a cara no altar!

Todos somem, feito uma horda, abandonando De Monéys, que ouve o rangido de uma porta atrás de si. Cinco homens, que precisaram contornar a oficina, entram nas pontas dos pés sobre a terra batida e o encontram ensanguentado, amarrado ao tronco, calcanhares ferrados e dedos do pé direito arrancados. Agora, é certo que ninguém vai querê-lo no exército, nem mesmo no front da Lorena... Os que montavam guarda vão embora, embebedar-se com os outros. Mazerat e o sobrinho do prefeito aproveitam:

– Rápido, vamos desamarrar. Ah, apertaram isso como uns sacripantas.

A oficina de ferrador

Mazerat abre um canivete, corta os nós. Antony, transtornado, levanta o tronco de Alain e ergue sua cabeça ensanguentada. Antony o aperta delicadamente contra seu ombro, consola-o do que poderia ser chamado sua desgraça:

– Alain, aguenta firme! A gente vai te tirar daqui.
– É você, Pierre?
– Sou eu, sim. São uns monstros. Merecem as galés.
– Eles não sabem o que fazem...

Bouteaudon inclina-se e, com mãos delicadas de moleiro, segura a cabeça de Alain, que – maravilha! – parece estar sorrindo. Dubois tira um lenço e limpa a testa dele, toda cheia de suor e poeira, e também o sangue coagulado sobre os olhos, que ele agora pode abrir de novo. De Monéys recobra o fôlego com dificuldade. A presença afetuosa dos defensores lhe devolve esperança:

– É preciso avisar minha mãe que eu vou chegar mais tarde que o previsto...

Antony cobre-o com um olhar demorado e triste. O amigo é simples, fiel, e num bom coração isso é coisa que se grava. Mas o adolescente Thibassou acaba de entrar correndo na oficina. Agarra um facão de cima da bancada e sai de novo correndo e gritando para a igreja:

– Venham aqui! Venham aqui! Eles soltaram o prussiano!

Mazaret e Bouteaudon deslizam cada um a cabeça por debaixo das axilas de Alain, resmungando: "Ah, moleque safado! Aonde a gente poderia levar o sr. De Monéys?".

– Para a casa de Mousnier – sugere Antony. – Quando ele quis fazer obras na hospedaria, Alain lhe emprestou dinheiro sem cobrar juros, então ele vai abrigá-lo.

No entanto, assim que saem da oficina para ir em direção ao centro do burgo, a multidão chega do presbitério e fecha a ruela. Estão diante deles, gritando: "Ele é nosso"...

– É Alain de Monéys! – lembra Dubois. – Nunca prejudicou ninguém! É o único pequeno proprietário do pedaço que deixa qualquer um de vocês ir às suas matas juntar feixes de lenha quando ficam sem madeira para o inverno! E qualquer um pode seguir uma lebre nos pastos dele sem que lhe ponham cachorros nos calcanhares!

– Cala a boca, imbecil! – rosna Léchelle, puxando Dubois pela jaqueta.

A sra. Lachaud berra: "Corta os ovos dele!". Alguns braços põem Alain de joelhos diante da janela do prefeito, que se abre. O filho do telhador de Fayemarteau, a quem De Monéys queria dar trabalho, lhe dá uma paulada na cabeça.

– Roland! Você acaba de bater num amigo do seu pai! – exclama Antony.

– Meu pai não tem amigo prussiano! Olha, ele está bem aí. Diga, papai!

O pai, que tinha enchido a cara no confessionário da igreja, levanta sua barra de ferro. Alain o olha e diz: "Tio Brut, sou eu, fui falar com o senhor para reformar um telhado do celeiro...", mas o telhador não o ouve, não o enxerga e bate com todas as suas forças. De Monéys é levantado a poder de chicotadas nas costas e nas pernas. Ferrado e com alguns dedos amputados, ele cambaleia, bordeja em choques metálicos, enquanto a multidão ri:

– Olha como o prussiano dança!

Depois que o sobrinho do prefeito suplicou mais uma vez ao tio que lhe desse asilo, Bernard Mathieu, da janela, aponta para o estábulo no fundo da ruela:

– Levem lá. Ali vai ficar tão bem quanto em minha casa, enquanto a gente não consegue levá-lo de volta a Bretanges...

8

O ESTÁBULO

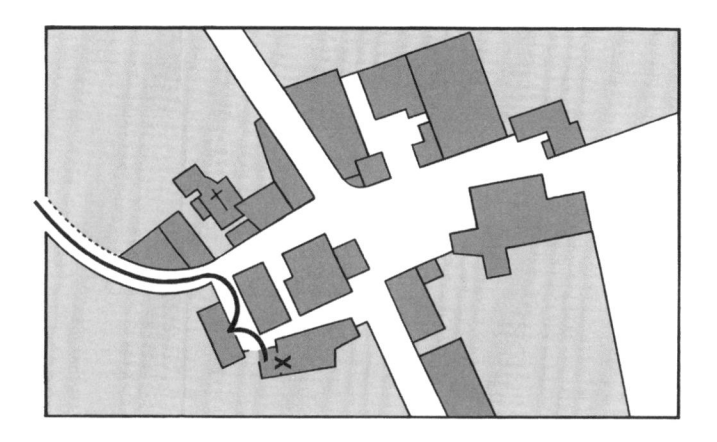

O lenhador Mazerat, o moleiro Bouteaudon e o padeiro, sobrinho do prefeito, de forcado na mão, protegem a entrada do minúsculo estábulo para onde Alain foi levado, na falta de coisa melhor. Naquele reduto sombrio, está deitado sobre a palha, que tem forte cheiro da urina dos ovinos. Só um raio de luz, deslizando por debaixo da porta, ilumina o lugar e os cascos de três carneiros e uma ovelha, que olham para ele.

Crê-se desajeitado, gestos lerdos, grotesco[33], naquele corpo demolido com calores de incêndio.[34] Respira ainda, maquinalmente. Oh, que desalento. Ele se agita em frases estéreis[35], repete baixinho o nome da mãe enquanto lá fora gritam, sempre. É espantoso como embriaga estar naquele circo estúpido. Ofegante, ele acha que finalmente se safou com os três diante da porta; Antony e Dubois estão a seu lado.

– A gente vai fazer de tudo para te salvar – tranquiliza-o Pierre. – Mas, com esses loucos e um prefeito covarde, não é fácil.

– Obrigado, obrigado...

A paciência de expressão e ação de Antony mereceria uma auréola. Philippe volta devagar o rosto de Alain para si:

– Oh, sr. De Monéys, esses selvagens...

– Estou de meter medo, não é?...

Na beira dos lábios destruídos, Dubois põe um figo maduro, que De Monéys mastiga dolorosamente, mas, lá fora, a multidão ruge "Prussiano! Prussiano!" com um bater de tamborim. Mazerat e os companheiros têm cada vez mais dificuldade para defender a entrada. Antony e Dubois decidem ajudá-los, saem, fecham a porta atrás de si, gritam: "Vocês ficaram todos doidos! Alguma vez já se viu um prussiano em Hautefaye?!...".

– Ele queria ir para a guerra, apesar de ter sido dispensado! – exclama a voz de Bouteaudon. – Quantos de vocês que berram "Viva a França" fariam isso? Deixem o moço em paz e vão atacar os prussianos lá onde eles estão: na Lorena! Lá vocês vão mostrar mais valentia do que na feira, quinhentos contra o vizinho!

– Calem a boca dele – canta a voz superaguda de Mazière – e puxem o prussiano para fora!

Roumaillac e alguns comparsas escalaram o teto do estábulo, retiraram algumas telhas e estão mijando! Piarrouty também lhe caga em cima, vomitando injúrias. Ser vítima daquela gente, do monstro interior que lhes crispa as bochechas![36] Na tristeza real de que seu peito explode[37], Alain sofre muito, acossado, desemboscado[38] sob os dejetos. Felizmente seus raros defensores – os suaves faróis entre bruma e vapor[39] – protegem a encarnação da figura hostil em que ele se transformou. Alain reconhece as inflexões de Bernard Mathieu, decerto ainda à janela, gritando com os nojentos do telhado:

– Estão estragando minha construção. Desçam daí!
– A gente não acabou de cagar.
– É medonho! Aqui só há covardes! – lamenta-se Antony.

Chambort quer incendiar o estábulo. Alguém se enfia pelo buraco do teto e cai de pé na palha. É Thibassou. Empunhando um facão, que foi apanhado de cima da bancada do ferrador, o cabo passa de uma mão à outra. Aquelas mãos têm um jeito especialmente ríspido como presas por rudes pensamentos[40]: "Vou te sangrar...". Uma poça de luz brilha sobre a palha perto dele. Alain está preocupado com os olhos do adolescente onde floresce o animal[41]:

– O que foi que eu te fiz, Thibassou?...

Ele não responde, a não ser com uma careta de desdém, e se aproxima de Alain – sua lâmina tem o fulgor de um vitral – quando se ouve atrás: "Psst!...".

No fundo do pequeno estábulo, perto de duas cabras, no escuro, está Anna. Alain não a havia visto. Graças ao teto furado, ela se transforma num fluxo de claridade, salva-o da desesperança. Está levantando a saia, a chamar Thibassou com outro "Psst!".

O rapazinho não sabe o que fazer. Oscila entre esfaquear De Monéys ou ir até a moça, que continua levantando o vestido cinzento e verde. Com as ancas encostadas na beira da manjedoura, Alain guardará da pele de suas pernas, de seus joelhos, uma lembrança de cetim e seda. É a própria suavidade, a virtude e a paz, mas... Oh, essas coxas à mostra devem ter cheiro de lagostim fresco. Depois é a penugem leve a ondular, toda de luz e de alegria, inocentemente.[42] Pernas abertas, a boceta ri sobre fundo de manjedoura, tal como os lábios de Arlequim![43] A palidez do ventre, roubada à lua[44], também põe o adolescente fora de si. Nas calças, seu desejo cresce tal cogumelo dos prados.[45] Anna tirou o vestido pela cabeça, e seu peito atrai a carne de rapaz, que é tentado a amar os seios delicados.[46] Thibassou voa para eles, arremete para eles, deixa cair a faca, aproxima-se. Ela o toca com mão errante... Ele tem gestos escolados do pior malandro. Belo como um pequeno lobo[47], manhoso de corpo e de boca[48], inflama-se com ela de chofre como um louco. As maneiras que ele tem![49] Anna volta o olhar para De Monéys. Não tira mais os olhos de cima dele. Sob o negro monte selvagem de sua cabeleira[50] que meneia, os mamilos encantadores são frutos vivos, saboreados por lábios ébrios de sua boa fortuna. Belas coxas, seios firmes, costas, ventre, uma festa para olhos e mãos. E essa "Ela" miúda tem gosto pela coisa. O outro lhe põe no sangue um fogo bestial que a torna louca, ancas, rins e flancos.[51] Thibassou rebola o traseiro sob a camisa. Baixo ventre incansável, infatigável, ele murmura algumas palavras: "Ah, sua putinha! Santo Deus, essa garota!". Delírio sensual em que a carne reincide.[52] Ao se ver aquele sujeito apertar as nádegas e os frequentes passos à frente que seus pés dão sobre a palha, emborcando um balde de leite, parece que ele não tem medo de penetrar fundo em Anna.[53] Gostos grosseiros, pesados[54], vapores e nervos, ele a toma como a uma beldade rústica que se possui pelos cantos. Ela flutua e gira em perfumes de pele de lhe endoidar a cabeça. E é um marulho entre suores e alentos naquela dança! Ela é tomada por uma vertigem incandescente enquanto perscruta Alain. Pernas, mãos, todo o seu ser, pés, coração, tudo começa a gritar um refrão:

– Aaah!...

A voz de Anna, enrouquecida, emite lamentos: "Aaah!", enquanto, atrás da porta, a agitação continua. Antony e Dubois, ouvindo os estertores no estábulo, tomam aquela gente por testemunha:

– Ouçam como ele está sofrendo! Vocês já machucaram bastante.

Mas é Anna que goza com um longo grito estrangulado ao mesmo tempo que quer reter o rapazinho. Ela cochicha ao ouvido dele "Fica! Fica aí, vai, mais!". Para impedi-lo de ir em direção a De Monéys, ela grita "Mais!" ao amante. Lá fora, os agressores ouvem aquilo que acreditam ser a voz de Alain:

– Mais! Mais!

Mais?... Que mal-entendido!

O estábulo

9

A RUA PRINCIPAL

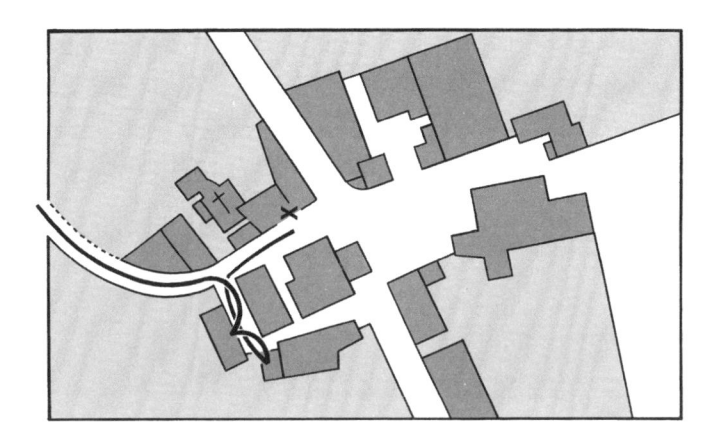

A porta se abre! Eles o puxam para a esterqueira pelos pés (ferrados):

– Você quer mais? Vai ter!

As pessoas não reparam em Thibassou, que Anna arrastou consigo para a manjedoura. De Monéys presta atenção a seus defensores, que a seu lado perguntam: "O que que a gente poderia fazer para que eles liberassem essa ruela em tempo de permitir a partida de sua vítima?". Dubois tem uma ideia, consegue aproximar-se de Alain, inclina-se:

– O senhor não acharia melhor ser fuzilado em vez de apanhar mais?

– Claro! Quero ser fuzilado...

Philippe Dubois ergue-se:

– Estão ouvindo, vocês todos? Vão procurar espingardas! Vão depressa procurar espingardas em suas casas!

– Não, nada de espingarda! – cantam Mazière e os outros. – Ele precisa sofrer...

E eis que de novo De Monéys está na ruela – que cenário conhecido, mas triste de novo![55] Ali ele é recepcionado, como devido, com maldade, sem que se esquecessem dos arroubos macabros ou das particularíssimas fantasias. Também recebe outros "afagos" realmente enfadonhos. Em... (mas quantos são?), eles o difamam, tratando-o de covarde (que lógica!). Depois disso, é convidado – peremptoriamente – a futuros ainda piores[56], e todos os vícios de cada um emigram para ele. Pregada à fachada da casa do prefeito, a bandeira se recolhe de repulsa diante de tantos horrores. Portanto, já não é a vítima que se deve lastimar.

Um homem de óculos, atrás dos quais os olhos perfuram – Sarlat, o alfaiate de Nontronneau – berra nos ouvidos de Alain, rasgando o paletó de nanquim amarelo:

– Prussiano porco!...

Pierre Antony grita para ele: "Como você diz isso? Você o conhece. É você quem faz as roupas dele! Olha aí, está rasgando uma roupa que você mesmo fez!".

– Não fiz esse paletó!

– Mas que diacho – irrita-se Pierre –, olhe, ali no forro, é a sua etiqueta que está costurada. Está escrito seu nome: "Sarlat".

– Ó, prussiano nojento! – exclama o alfaiate, arrancando uma manga. – Além de tudo, ainda rouba a roupa da gente!

Todos puxam o paletó e a camisa. De peito nu, Alain pertence à multidão. Sem muita cordialidade e com nenhuma delicadeza, levam-no para a ponta da ruela. Na frente, De Monéys vê a igreja de porta aberta. Atrás do altar, pende um Cristo herpético. Parece ter cabelos compridos demais e só ter sido dependurado naquele lugar para olhar os brutos com expressão de desgosto.[57]

O padre Saint-Pasteur continua brindando à saúde de Napoleão III para desviar o maior número possível de furiosos do delito. Mas desde o tempo em que o povo pede milagres aos céus e não vê nada, acaba por dizer-se que é melhor dar um jeito. É uma coisa impressionante. Aos ouvidos de um Mazerat desvairado, Alain geme e suplica diante de Nossa Senhora de Assunção, transformada em taverna, onde o vinho do padre acabará por faltar:

– Diga a eles que me soltem, e eu também pago bebida, peça que coloquem ali um tonel aberto.

Um dos perseguidores, que ouviu, grita:

– A gente não bebe vinho de prussiano!

– Ó, meus amigos, meus amigos...

– Ainda está falando? – espanta-se outro. – Toma isso!

Com um forte golpe de barra de ferro na boca, ele quebra os dentes de Alain. De Monéys sufoca e cospe sangue e cacos de incisivos e caninos.

Três horas da tarde soam na igreja! Ó chamado dos sinos, e fazer um daqueles ruídos[58] sob as pancadas que nos são dadas. Ele é tomado pela multidão que, de braços erguidos, o eleva e o carrega no seu centro. O cortejo parte, subindo a rua principal do burgo. Vítima ofegante deitada de costas, exibida sob o riso do sol, Alain acredita ter-se tornado uma estátua de procissão – Virgem Negra de Rocamadour ou São Leonardo do Limosino. Expressões pouco santas derramam-se em seu crânio coroado de dores. Ele vai, seguro por aqueles braços no ar, como ao som saltitante do violino das bodas[59], mas sente que em si algo terminou naquele dia de orgia.

Com a cabeça deitada para trás, ele descobre, em posição invertida, seus defensores impotentes que acredita nunca mais rever. E a caminho do trágico funil![60] Tudo aquilo é lastimoso. E só restaria o tinhoso a aproveitar tão feio jogo.[61] Tende piedade deles. É jogado no chão. Alain vê nas mãos deles chicotes, flagelos, ganchos. Chovem pauladas.

– Pau nele! Pau nele!

O caminho até ele é aberto a cotoveladas. É ver quem vai dar o golpe mais pérfido. Thibaud Devras, comerciante de porcos em Lussac, com o porrete erguido, está à espreita do momento em que o crânio de Alain ficará à mostra. Foi De Monéys que pagou a lápide do túmulo de sua filha. Ele está tentando lhe lembrar isso, quando o outro lhe dá uma cacetada bem no rosto.

No empurra-empurra cada um quer bater, imprimir sua marca no corpo inimigo. Quem acaba de bater se retira, deixa lugar para outro, que, dado o golpe, sai de cena para ser imediatamente substituído. Essa administração instintiva e coletiva do massacre dilui a responsabilidade. Para os adolescentes que tinham ido à feira, a carnificina dá a feliz oportunidade de provar a virilidade e de se integrar com os homens. Com catorze anos, Thibassou (olhe só, ele está de volta) percorre Hautefaye mostrando um pau tingido de sangue. Reivindica sua ferocidade. Ele e o filho de Pierre

Brut perguntam juntos a um garoto da mesma idade: "E você, bateu? Não? Que maricas!". Até os mais jovens se metem. Uma mãe aconselha ao filho de cinco anos:

– Você também, Puleão, faça-o pagar pelas tuas desgraças!

O garoto dá um tapa. Quando retira a mão, está cheia de sangue seco. O velho Moureau convida a dar pedradas na cabeça de Alain: "Um soldo, três pedradas! Quem matar leva o prussiano". Distribui pedras, metamorfoseia o massacre em espetáculo divertido. Passam por cima de Alain com o pé esquerdo, como se desse sorte... Pisam nele como se pisa o trigo: "A gente não bateu muito o trigo por tua causa, nojento! *Lébérou*!".

– *Lébérou! Lébérou!*... – gritam também de chofre todos os que estão em torno de Alain, cruzando os indicadores como diante dos vampiros.

Agora o confundem com aquele monstro lendário de Périgord, condenado por feitiçaria a vagar de noite pelos campos. Corpo envolto em pele de animal, conta-se que o *lébérou* se atira nas costas dos retardatários que passeiam pela noite, obriga-os a carregá-lo, come cães, emprenha moças e pela manhã recobra o aspecto de vizinho amável.

– Por sua causa, prussiano, a gente encontrou o lavrador do lago Rouge morto no fundo do poço, com uma pata de cachorro na boca!

– Por sua causa, prussiano, meu irmão se enforcou com o laço da última vaca depois que a enterrou!

– Por sua causa, prussiano, neste inverno não sei onde nós vamos encontrar forragem, pois não há mais milho, feijão, nozes nem rabanete! Porcaria! Toma, leva esta na cara!

Por sua causa! Por sua causa! Ele se tornou responsável por tudo. Falta de água, é por causa dele! Desastre na guerra com a Prússia, é por causa dele! Coração, ossos, sangue, pés e pálpebras formam uma papa de suas carnes inteiras. Moem tudo nele, tudo. E a terra da rua principal, há tanto tempo árida, agora se encharca, feliz, com seu sangue. Empurrado, rolado por tamancos, ele vai com a alma desgarrada, soluçando, dilatando a pupila assombrada.[62] Murguet passa um forcado sobre o ventre de Alain como um lavrador a quebrar torrões. Não ponha mais, é a gota d'água!

No centro do burgo, a intersecção das duas ruas forma uma cruz. À esquerda, na esquina do caminho que leva a Nontron, espicha-se a longa estalagem do merceeiro-tabaqueiro Élie Mondout. Sua fachada de tijolos rosados está pintada com um texto que diz:

> *Chas Mondout,*
> *lu po ei boun,*
> *lu vei ei dou,*
> *la gent benaisé.*

(No Mondout,
o pão é bom,
o vinho é leve,
a gente, feliz.)

Os fregueses, sentados às mesas no terraço, diante da tigela de estanho com garfo de ferro, olham aquele De Monéys virar papa para engordar porcos e aves.

– Prussiano porco, mais este pelo meu filho que você mandou para Reichshoffen!

Piarrouty, que mais uma vez lhe rachou a cabeça com seu gancho de balança, corre para a hospedaria gritando: "Eu vi o cérebro dele!". Pega água no tonel para lavar a ferramenta diante de Elie Mondout, que sai da cozinha estupefato. Decerto por estar ocupado depois correndo para todo lado, preparando sopas de couro de porco, cortando pão e presunto, assando castanhas (do ano passado), trazendo garrafões de vinho da cave, o hospedeiro não sabia o que estava acontecendo em praça pública na agitação colorida dos vestidos e das jaquetas.

O que ele vê o deixa estupefato. Descobre sua freguesia, confortavelmente sentada às mesas, acompanhando o acontecimento na estalagem lotada. Um por vez, todos se levantam para participar da carnificina. Roland Liquoine lá vai com o seu tamanco no peito de Alain, e a queimadura ainda está clamando.[63] Um moleiro, com um malho, diz que está batendo cevada. O que ele faz aquele animal sofrer com suas ferozes minúcias.[64] Murguet mira a entreperna gritando: "Víbora! Víbora!", e nada se iguala à sua raiva. Solta gritos de terrível tamanho, depois se senta. Outro insulta a dignidade de Alain de Monéys, sova-o, enquanto o sangue esguicha. O notário de Marthon também bate (aquele que tinha um encontro pessoal para acertar alguns negócios da propriedade de Bretanges). Pasta de chagrém na mão, gravata de seda branca, De Monéys fica com a ponta da bota dele, de couro de cabra preto envernizado, presa nos dentes (quebrados). Lamongie sai da mesa para lhe enfiar um garfo inteiro no olho direito, arranca-o, volta a sentar-se e encomenda um pichel ao hospedeiro lívido e chocado:

– Fora daqui! Fora da minha casa, bando de idiotas! Fora daqui ou eu expulso todo mundo a tiros!

Mondout vai procurar sua arma, mas a mulher o detém: "Não vá, Élie. Eles são seiscentos e você não vai impedir nada!".

– Mas a gente não pode deixar que o matem desse jeito! Onde está Anna?

10

A ESTALAGEM MOUSNIER

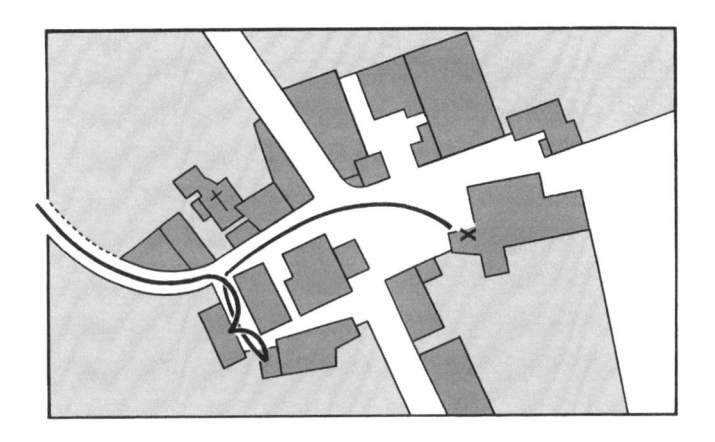

A multidão imensa e febril, temendo o bacamarte do tabaqueiro, aflui para a direita da praça da aldeia. Antony, Mazerat e Dubois precipitam-se para De Monéys. Como precisaram contornar uma parte do burgo, dão com ele no momento em que está rolando sob pontapés em frente à estalagem Mousnier. Os amigos, acompanhados pelo sobrinho do prefeito e por Bouteaudon, levantam-no e querem levá-lo para dentro da estalagem, mas a porta se fecha brutalmente, esmagando-lhe uma mão. Três dedos caem. Ai.

Pela frincha, Alain enxerga (com um olho) o interior do estabelecimento reformado – uma sala de teto de vigas claras. Percebe o tique-taque de um relógio de parede dourado acima da lareira. O pêndulo brilha por breves instantes atrás do vidro. As paredes estão forradas com um belo papel de florezinhas. O crucificado do Gólgota – colega de Alain – pende da parede. À frente De Monéys, há um toucador onde ele se contempla pela primeira vez no dia.

Sua cabeça transformou-se num globo de sangue em cujo olho esquerdo ri a morte sonhadora. Avalanches no rosto, crateras menos que insanas, mais que arriscadas.[65] Mutilações fisionômicas, enucleação... Ah, que limpo e bonito está ele! Tronco nu contrafeito em carnificina, ele palpita inteiro em sua forma total. No reflexo do espelho, vê também chegar às suas costas um homem a brandir um cabo de machado. É Jean Brouillet, proprietário em Graugilles. Na infância, construía com Alain cabanas nas árvores, mas ali, cabeça insidiosa, coberta por um chapéu de palha, Brouillet parece um pouco apressado de se haver com De Monéys, tão pouco represensível, no entanto. Até que enfim!... Alain volta-se e pousa o olho válido sobre aquele bruto que já não pode reconhecê-lo:

– anda, -ate, -ate -ocê tam-ém! anda! anda!...

Mandíbula fraturada em diversos lugares, ele não consegue articular as palavras. Espera com fatalidade algum novo choque que talvez o mate, quando Bouteaudon se interpõe heroicamente sob o cabo do machado: "Pare, Brouillet! Deixe-o!". Aquele defensor é mais solidário porque, como ocorre frequentemente com os moleiros, não se sente totalmente integrado na aldeia. Mazerat e Dubois o acodem, empurram Buisson, fazem os irmãos Campot recuar, enquanto Antony suplica a Mousnier que deixe Alain entrar. Mas o estalajadeiro – com um chapéu de feltro preto de abas largas, queixo retraído – opõe-se pela fresta da porta, enquanto a bloqueia:

– Nem por sonho! Um prussiano em minha casa?!
– Não é prussiano, é o sr. De Monéys! – irrita-se Pierre.
– Ah é? Não estou reconhecendo – responde Mousnier, olhando para Alain. – Pode ser que seja um prussiano. Em todo caso, não vou deixar ninguém destruir o meu estabelecimento reformado para defender um prussiano!
– Esse rapaz lhe emprestou dinheiro, sem juros, para as obras...
– Eu nunca pedi dinheiro emprestado a um prussiano!

De Monéys tenta intervir:

– Ach! -ousnier, -ou eu... Alain !
– Também não reconheço essa voz – afirma o estalajadeiro a Antony. – Esse cara tem um sotaque estranho. Não entendo nada do que ele está dizendo. É alemão?

E Mousnier bate-lhe a porta na cara, rejeita-o para regalo do ávido habitante.[66] Alguém acaba de atirar uma pedra que bate na parede à direita de sua cabeça entre duas mãos, afundada nos ombros. Um pedreiro volúvel e dançarino, o animador da feira, olha-o de soslaio, sorrindo. Não terá, rebuscando os recessos da alma, belo vício a sacar tal como sabre ao sol?[67] Está rindo:

– O relatório que esse cara quer mandar para o governo não é para desviar a água do Nizonne! Na verdade, ele está pedindo que quem não use roupa igual à dele seja proibido de deixar os chifres nos bois!

– Quê?! E por que isso?

Esse boato mais absurdo – coisa de doido – espalha-se agora com avidez por toda Hautefaye.

– Mas quem esse cara acha que é? Ele precisa ficar pelado de tudo, aí também vai ter de arrancar os chifres das vacas! Pelado! Pelado, prussiano!...

Todos se lançam às suas pernas, arrancam-lhe as calças. Ele está totalmente nu e ainda é surrado! É o requinte. O adueleiro de Fontroubade promete:

– Na hora certa o imperador vai distribuir recompensas a quem tiver batido nele! Vai dar um pagamento!

– Ah é?

Uma criança mira o nariz com um estilingue. Antony grita:

– Mas afinal, se aqui houvesse pelo menos cinquenta homens decididos, nós poderíamos parar esse horror! Quem nos segue?...

O apelo fica sem eco. "Vamos ganhar dinheiro do imperador porque fizemos o trabalho dele!" é o que todos preferem repetir. Alain volta a levar socos e socos. Também leva tamancadas, com o cuidado de atingir com força rins, ventre, rosto. O professor de Hautefaye, com suíças à Cambronne e uma mão no bolso da calça de cotim branco, dá-lhe um pontapé na cabeça, como se fosse uma bola. Toda a parte de baixo de sua perna é inundada de hemoglobina. Lachaud, você tampouco é razoável e aí está, entre o número indefinido de criminosos... Por alguns instantes, De Monéys é a pobre nau a ir já sem mastro em meio à borrasca.[68] Em outros momentos, rola como vagas sob os tacões. O telhador da Chapelle-Saint-Robert grita com voz de vigia que descobre uma ilha:

– Ali, o mercado de grãos! Neste ano, não há grãos. Vamos esquartejá-lo ali!

Então a alma de Alain, num medonho naufrágio, prepara-se para desatracar.

11

O MERCADO

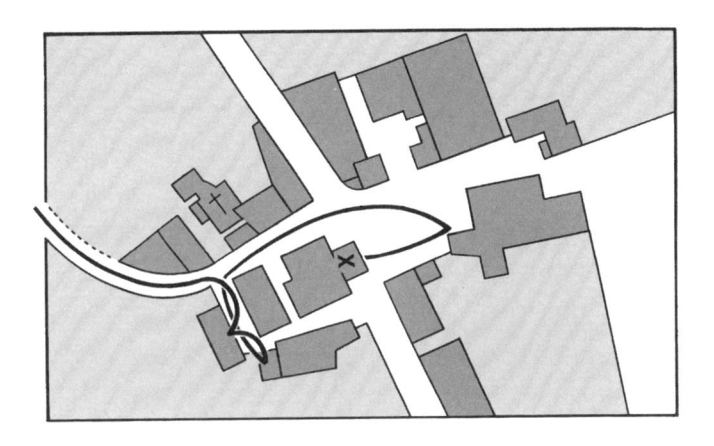

Ele está em levitação como uma estrela-do-mar. Deitado de costas a um metro do chão, pernas e braços afastados, flutua no ar. Os irmãos Campot, Chambort e Mazière amarraram cordas em seus punhos e calcanhares (que ficaram enormes) e puxam para os quatro pontos cardeais. As cordas estiradas erguem Alain.

– Ô, içar!

Valendo-se de comandos, cordas esticadas na horizontal, eles o erguem do chão. Quando seus esquartejadores voltam de ré, as costas dele – aquela chaga – voltam a ter contato com os ladrilhos do mercado. Depois, tomando novo ímpeto, recomeçam, e De Monéys volta a subir um pouco em direção às vigas do madeirame do teto coberto de telhas.

— Iça a linguiça!...

Os carrascos gargalham, riem, escorregam no sangue, depois o levantam mais uma vez. E, caramba, Alain adoraria aquela brincadeira se ela não o matasse um pouco. Chegam outros homens. Agora são uma dezena a puxar em cada corda. Tentam arrancar os membros do tronco. Os ombros de Alain se deslocam, as cabeças dos fêmures se desalojam das cavidades. Será que isso dói? Como dizer?... Pálpebras afastadas, ele parece dormir de olhos abertos. O espaço se dilata naquele desregramento da ordem universal. O céu está pasmo de alumiar tantas sombras.[69]

— O que vocês estão fazendo é uma abominação! — grita ao longe a voz de Antony.

— Vocês não têm direito! — insurge-se, perto dele, Mazerat.

— Hoje não existe lei! — respondem as pessoas.

— Porcos, porcos! — chora a voz de Dubois. — E você, para onde está correndo?

— Banhar minhas mãos no sangue dele.

De Monéys vai de estibordo a bombordo conforme aqueles que puxam mais forte. Quando ficam em uníssono e chegam ao fim do percurso, o corpo erguido estala como um lençol. Todo o seu sangue esguicha alto, como se saísse de um crivo. Ele vê uma miríade de gotículas elevar-se no ar. Parece uma constelação. Misturada às pintas de sol que se infiltra entre as telhas, é bonito. O sangue chove na descida de volta aos ladrilhos. Quando sobe, e todas as suas articulações estalam, é de novo a Via Láctea.

A multidão espectadora de chapéu de palha, jaqueta, tamanco, fitas coloridas, cerca o mercado de três lados. Dando-se os braços, cotovelo com cotovelo, as pessoas balançam, oscilam berrando canções – no duro fluxo de ditos atrozes.[70]

Eles puxam, homens-cavalos, como no suplício daquele que quis matar Luís XV. Qual era o nome dele? Alain não se lembra. Sua memória está ficando péssima. Puxam – nossa, que fôlego! A cólera deles é injusta e insana (no fundo, a cólera é injusta e insana). Alain eleva-se no ar, levando seus tristes cuidados. Sem ainda ter pensado no mergulho supremo.

Onda de líquidos como um golfo, o bom sangue, que de repente abandona suas artérias, escoa aos litros. Como as águas de uma torrente. Jean Campot, junto ao pé direito de Alain, escorrega na hemoglobina e cai, arrastando todos os que estão na sua corda. Os da frente então se desequilibram, tombam para trás, um por cima do outro. Os outros, à esquerda e à direita, bêbados e rindo a mais não poder, deixam a corda correr entre seus dedos.

Sem mais ninguém na ponta das cordas, De Monéys levanta-se de repente e sai correndo, sangrando, puxando passadas ensanguentadas.

12

A CARROÇA DO MERCADOR DE LÃ DONZEAU

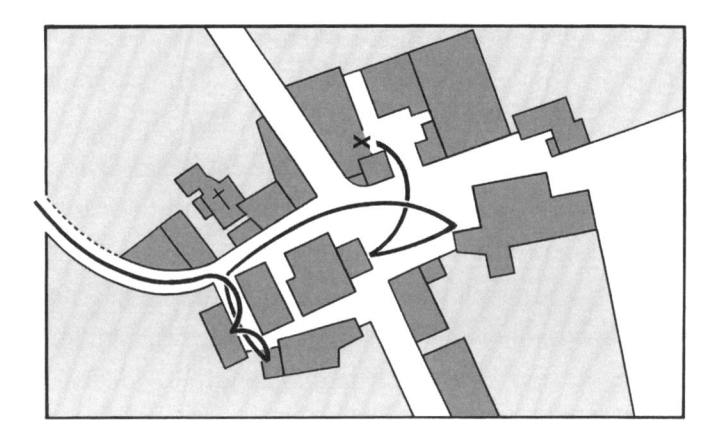

Está fugindo!... Ao redor do mercado, todos acreditavam que daquela vez ele estava morto de verdade quando, de repente, ele se levantou. A multidão estupefata, tomando-o então por um fantasma, animal lendário – *lébérou*, certamente –, abre alas, afasta-se, amedrontada, e deixa livre uma avenida. Incrível recuperação de energia, como daqueles patos de cabeça arrancada, ele está correndo! E é verdade que aquilo é um milagre.

Debaixo do sol inclemente e nos choques de ferraduras sobre o cascalho, sua sombra longa, projetada no chão, traça uma curiosa silhueta galopante. Os braços abertos formam ângulos bizarros com os ombros quase no meio do tronco. A inserção das pernas também é original. Quanto ao movimento dos joelhos que giram, traçando "oitos", nunca se viu nada disso, nem no circo! E o conjunto desembesta reto. Um estertor uiva em seu peito com os loucos sobressaltos, tal como o furacão a passar através de uma ruína. Chambort grita:

– Agarrem! O prussiano está fugindo!

Quimera agitada caída do teto de uma igreja, acreditando ir direito pela estrada de Nontron, Alain está enganado. Ele penetra num beco sem saída, onde o comerciante de lã Donzeau estacionou a carroça. Que equívoco! Principalmente porque, tal como um exército, a multidão arremete de novo às suas costas, babando de raiva...

E os sabujos no seu encalço o insultam! Os gritos vis o difamam. Línguas de áspides e víboras, proclamam alto sobre ele um mal que o exaspera. Inaudito, o horror dessa humanidade que é vergonha e devassidão. Chega desse Waterloo! Chega dessa sociedade onde ele é boneco de malhação e alvo! Já não aguenta mais seus difamadores. Deixem-no! Deixem-no!

– -e deixe! -e deixe!

Ele arremete (mas como isso é possível?), apodera-se de uma estaca pontuda que está na carroça do mercador de lã e se vira, fica de frente para seus perseguidores. Nu, coberto de sangue, merda e chagas, amputado, semicego, desafia sozinho a horda enfurecida. Descendente de cavaleiros do Périgord, ele vive e pretende viver, e isso faz tempo – vejam os votos de sua cabeça em pranto e fogo![71] Seus membros remam no ar como asas. Ele tropeça. Seus pensamentos adejam como morcegos. Étienne Campot vem, pega facilmente a estaca, levanta-a e lhe desfere um grande golpe. Alain cai para trás, com as duas ferraduras para cima, entre os varais da carroça de Donzeau, e seu corpo rola até debaixo da charrete de Mercier...

13

A DILIGÊNCIA DE MERCIER

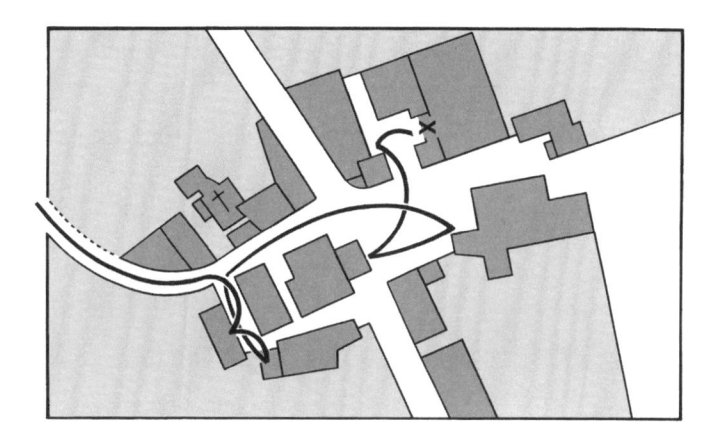

As tamancadas estalam nas tábuas. Chove, chove, pastora*... Deitado no chão feito esfera sanguinolenta sob a diligência, Alain vê todos aqueles pés que tentam atingi-lo.

Entre as quatro rodas do grande veículo hipomóvel encostado a uma parede, ele está abrigado. Os pés não chegam até ele. Em quartos de círculos ascendentes, eles chutam as rodas, as suspensões, e a parte de baixo do assoalho do carro que serve para carregar famílias em dias de luto ou de núpcias ou para ir ao mercado de Périgueux.

Também batem de baixo para cima com os sapatões! Suas travas, ferros arredondados nas pontas das solas,

---
* Palavras de uma canção infantil. (N.T.)

quando se chocam com a armação metálica, cospem chispas. Os saltos se esborracham contra a madeira apodrecida que se dilacera, lascando-se. Bate-se de todos os lados, o assoalho rebenta. Entre as ripas separadas, Alain agora descobre a parte de baixo dos bancos e as delgadas colunas erguidas nos quatro ângulos da diligência. As cortinas que ali estavam presas soltam-se, voam debaixo das pancadas. É fantástico! Nuvens de poeira rodopiante são ofuscadas pelo sol.

É como uma máquina motorizada. Pistões, explosões, a diligência decorada para desfiles metamorfoseia-se em automóvel. Mexe-se sozinha. Mas é empurrada por homens. Buisson e Mazière puxam De Monéys pelas pernas. Sua cabeça arrasta-se e bamboleia. Lá está ele de volta à praça de Hautefaye. Bernard Mathieu chega com a faixa de prefeito, sacudindo franjas e borlas, e vai repreender um velho lavrador do Grand-Gillou que está atirando pedras em Alain:

– Caramba, Moureau, você não acha que já é demais?!
– Escute, sr. prefeito, é um prussiano. Ele precisa sofrer!

A resposta do velho lavrador é acolhida com vivas: "Prussiano! Patife! Patife!". E aquela gente ao redor de Alain ri, gaba-se, compete para ver quem é mais ignóbil e impressionar o vizinho, mostrar como são todos favoráveis a Napoleão III, e não se deixam ludibriar por um prussiano, a não ser pelo fato de que... De Monéys não é prussiano. Mas ele já não os desmente. Exausto de tanto tentar, cansado de apelos supérfluos, esgotado por ter esplendido sobre tantas sombras, ele se deixa arrastar sem opor a menor resistência. Alguns daqueles carrascos também estão cansados. São vistos a perambular, desavorados, com o porrete ensanguentado na mão: "Duas horas batendo num cara cansa". Vão beber um trago. O cordialíssimo bom-dia de Alain para eles, em todo caso não um até logo...[72] Ele já não aguenta mais, porém seus raros amigos não o abandonam. Enquanto mãos calamitosas lhe enviam ainda a desgraça nas circunstâncias mais pungentes, Pierre Antony descompõe Bernard Mathieu – rei preguiçoso a presidir um suplício:

– Mas, sr. prefeito, em vez de bancar o importante balançando as suas borlas, ajude-nos a salvá-lo! É uma abominação o que está acontecendo no seu burgo!

– O que você tem com isso?

– Eu tenho com isso é que estão massacrando alguém e o senhor não faz nada!

O primeiro magistrado da comuna avança um passo em direção a De Monéys e dirige-se àqueles que o estão puxando pelos calcanhares:

– Tirem esse homem daí. Está atrapalhando o trânsito. Levem para mais longe.

Antony, abatido, suspira. Buisson e Mazière perguntam a Bernard Mathieu:

– Para fazer para o quê, mais longe?...

– O que quiserem! – responde o prefeito totalmente a reboque dos acontecimentos. – Que o devorem, se quiserem.

14

A CARRIOLA

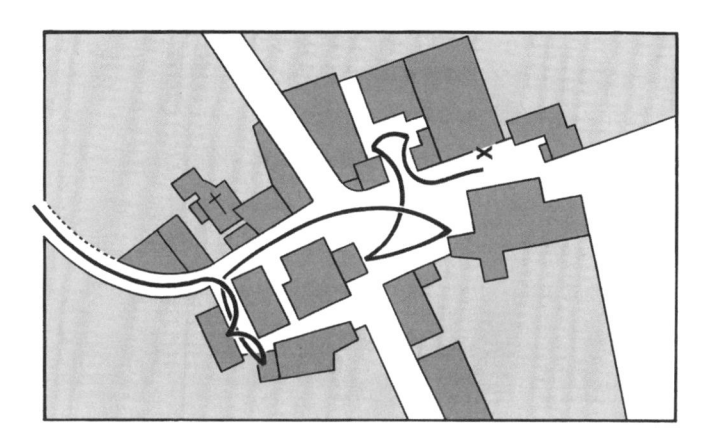

Ah, e pensar que as juntas de saúde tinham julgado frágil a constituição de De Monéys... imaginem só! Alain não sabe por que ainda está vivo, mas como seu coração bate! Os que o puxam viram à direita, para qual destino?

– Temos de queimá-lo! Temos de assá-lo!
– Temos de queimá-lo porque, se não, é a Prússia que vem nos incendiar!

Os camponeses conjuram o espectro do incêndio.

– Agora que ele está ferrado como um boi, precisa ser grelhado como um porco!
– Mas antes de ser assado, deveria ser despelado! – propõe uma voz de górgona já ouvida.

A multidão refletiu. Muitos correm buscar lenha – galhos, tábuas, restos de móveis – que são jogados sobre a barriga dele não sem inútil brutalidade. Ele se transformou numa carriola: as pernas são os varais, e a cabeça, a roda.

– Levem o prussiano lá para cima, perto da lenha!

Também é preciso ter palha para acender o fogo.

– Pegue aqui, Thibassou, um soldo. Vá buscar fósforos na estalagem de Mousnier e traga também jornal. O *Écho de la Dordogne* seria perfeito!

Chambort chega com um feixe de palha, perseguido por um camponês a gritar que lhe roubam a forragem: "Isso custa treze soldos!".

– Não tenha medo. Napoleão III vai reembolsar esse feixe, que vai servir para salvar a França!

– Se o prefeito é um covarde, onde está o padre? – exclama ao longe a voz de Mazerat.

– Chumbado lá na igreja, de tanto brindar para tentar evitar este desastre, está roncando ao pé de Cristo – responde o timbre de Bouteaudon.

Mazière e Buisson arrastam De Monéys pelas pernas. Sua cabeça, ricocheteando, vai deixando no chão um longo traço de cérebro e sangue. Ele bebe o suor do mundo naquele carnaval trágico. Depois de terem degradado seu corpo, vão incendiá-lo. Alain de Monéys vai para o teatro do inferno. Já não passa de boneco de trapos cuja cremação marcará o fim da festa.

É conduzido para fora da aldeia como por um dilúvio, como em triunfo, através do crepitar de injúrias. As margens de bordas sombrias fecham-se em torno dele, sonoras com gritos de morte! Oh, lembrança dos bons momentos de paz profunda de sua vida confortável de antes. Mas, tornando-se anjo sem préstimo, prossegue, puxado pelos calcanhares, sua ascensão até a feira. O crime que a multidão se prepara para cometer é um grito de amor à França. As pessoas jogam ramos secos de castanheira sobre o peito de Alain, naquilo que para eles é uma carriola humana. Durante esse tempo, todos berram "Viva o imperador!". De Monéys recebe pancadas sem demonstrar comoção. Em caminho, arrastam-no para aquilo que parece ser um lugar destinado a acumular detritos, e lá estão eles, no lago seco, onde todos os anos é acesa a fogueira de São João.

15

O LAGO SECO

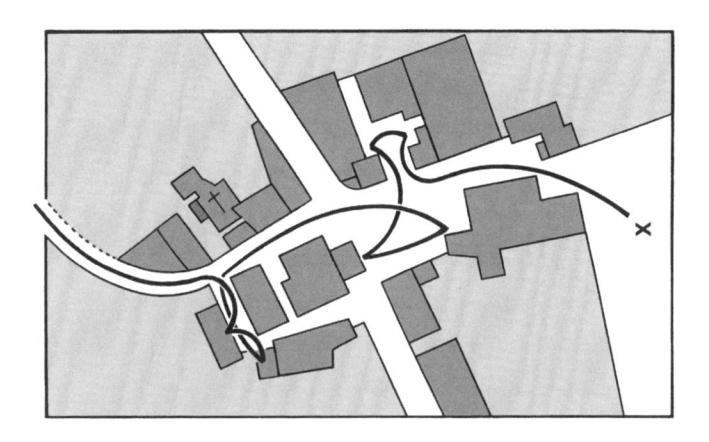

Mazière, Buisson e Campot filho, que veio ajudá-los, largam o corpo de Alain na concavidade do lago seco – o leito de um pântano que os quarenta graus à sombra há meses vêm evaporando. De costas sobre o barro árido e fissurado como paisagem de deserto, cabeça ligeiramente voltada, ainda respira um pouco.

– Hurra! Não morreu! Não morreu! Vai ser queimado vivo!

De Monéys, que sonhava (mas isso também já é demais) com sabe-se lá que morte delicada e branda, ouve a voz do amigo de infância Chambort (que ele conheceu tão bonzinho, como pôde tornar-se tão hediondo?) organizando a montagem da fogueira:

– Tragam mais lenha, ramos de videira, aquelas rodas da carroça, e arranquem os pilares da cerca!

Quanto ao ferrador de Pouvrières, está espalhando palha sobre o peito de seu ex-companheiro de folguedos. Alain ainda movimenta o pé esquerdo. Quer ir embora. Ramos de castanheira, tábuas amontoam-se sobre seu corpo atirado naquele canto de feira de animais. Precisa comprar uma bezerra para Bertille. Afasta com os dedos a madeira que é jogada sobre seu corpo, mas Chambort pula em cima dele:

– Calcar a lenha para conseguir boa fogueira!

De pé em cima dos ramos, o ferrador aperta a madeira com os saltos e bamboleia em atitudes equívocas. Do alto daquele estrado improvisado, espezinha Alain naquele duro momento[73] e grita:

– Viva o imperador! Viva a imperatriz e viva o príncipe imperial!...

Criadores e contratadores de gado, que tinham passado a tarde toda naquela extremidade da feira, portanto pouco a par daquilo que ocorrera antes, são tomados de estupor diante da grande fogueira erguida sobre o corpo de um de seus semelhantes. Alguns fogem logo da feira, aguilhoando as panturrilhas do gado:

– Agarraram um prussiano e vão pôr fogo nele! A guerra chegou a Hautefaye!

Uma arrendatária, perdendo a touca, dispara pela campina em declive fustigando as coxas da sua bezerra a galope:

– É preciso ir a Nontron avisar a polícia!

Alguns fregueses, percebendo claramente a situação, mostram-se aterrorizados com a cegueira da multidão e põem as mãos na cabeça. Muitos, hipnotizados, observam a continuação. Chambort desce da fogueira. Fronte vazia e mãos rubras[74], decide:

– Como se faz na festa de São João, é o mais novo que acende a fogueira! Venham aqui, crianças! Ei, você, aí, como é seu nome?

– Pierre Delage, apelido "Puleão"* – responde um menino de cinco anos, com pés descalços e maltratados, agarrado à saia puída da mãe.

– Foi o pai dele – explica esta – que, voltando da Crimeia contra os russos, o batizou de novo com o nome do Enviado da Providência!

– Muito bem, e onde está esse marido herói?

– Morto na batalha de Forbach.

– Ah, é? – exclama Chambort com ênfase. – Então, Napoleão, venha pôr fogo no prussiano. O imperador vai lhe mandar uma medalha e um par de sapatos.

– Sapatos?... Vai – diz a mãe indigente ao menino.

As vozes de Dubois e Georges Mathieu gritam:

– Não vá, Pierre!

Antony e Bouteaudon prosseguem:

– Senão a polícia vai te pôr na cadeia!

– Não faça isso! – urra Mazerat.

Os camponeses se voltam e correm atrás dos defensores, que são obrigados a fugir. A criança hesita, mas Jean Campot risca um fósforo numa pedra e o dá ao pequeno:

---

* Em francês, Pouléoun, corruptela de Napoléon. (N.T.)

– Vá, vá, Napoleão, incendeie o porco...

O menino se ajoelha para pôr fogo no papel, mas manter a chama é difícil. O fósforo se apaga depressa demais, é preciso repetir. Alain recende a fogueira*. Um terceiro fósforo estala perto de uma de suas orelhas, e o *Écho de la Dordogne* se inflama, a palha e os gravetos também. Ele estremece sob os ramos resinosos de vapores de essências. Toda a lenha se abrasa. Alguns acham que o veem mexer-se uma vez ainda atrás das altas cortinas de fogo que se elevam...

Através das cores amarela e laranja que ondulam no zumbido regular da fogueira, De Monéys observa a multidão vaporosa dançar, lançar chapéus e porretes para o ar. O prefeito, surpreendido pela fumaça, sacode a faixa tossindo: "Viva o imperador!". Giram e dançam em roda aqueles que matam a humanidade como se ceifa capim. Ainda vivo, De Monéys respira intensamente como o ruído de um fole (é exatamente o momento!). Seus cabelos se crestam, seu ventre se alumia. A todo momento ele perde o fôlego. Uma mulher berra a torto e a direito. É a esposa do professor, lábios rubros só mentira[75] e caninos brancos de rato.[76] Não longe dela, Anna – moça cuja mão Alain adoraria segurar, olhando um filho a correr pelas vinhas – contempla-o, chora e articula uma curta frase que ele não ouve. Parece até que lhe jura alguma coisa. O olhar de Anna inflama agora realmente o coração de Alain, que sai de seu peito a rasgar-se. Ele arregala um olho de loucura e de sonho![77]

---

* A frase é proverbial: *sentir le fagot* significa *ter cheiro de fogueira*, ser herege, ou seja, poder ir para a fogueira a qualquer momento. (N.T.)

Cinzas dele sobem ao céu azul cantor que o reivindica.[78] Portanto, ele deixa aquelas delícias, aquele desgosto que pior impossível.[79] As cinzas de seu corpo se elevam finalmente acima do mundo imbecil e dos abismos surdos daquela gente culpada de um crime que a superou. Mas, oh, aquela carne agora cozinha em seu sumo! É um triste desfecho. Várias pessoas perguntam: "Era quem?". Chacinaram um homem durante toda a tarde sem nem mesmo se preocuparem em saber quem era.

– Estamos grelhando um tremendo porco!

Mas, tendo-se transformado, sim, em frango no espeto, a pele das coxas e dos ombros crepita, empola-se, incha com borbulhas de gordura fervente. Estas estouram e escorrem, brilhantes, seria possível dizer apetitosas.

– Pena deixar essa banha se perder! – lamenta Besse. – Se alguém quiser experimentar...

Uma mãe tira um pão de seis libras do cesto. Corta em fatias. Com uma espátula, recolhe a gordura que escorre para os cotovelos grelhados, espalha-a sobre as fatias e as oferece às crianças:

– Comam! Comam, crianças. Nestes tempos não é todos os dias que a gente tem alguma coisa para pôr no pão de vocês... Assoprem. Está quente.

Outras fatias de pão embebidas em gordura humana fumegante giram em torno da fogueira e muita gente honesta come.

– Que gosto tem?
– Parece vitela.

Então muitos chegam até os despojos para tirar a barriga da miséria. Dão opiniões de gastrônomo:

— Ficaria melhor regado com um pouquinho de vinho branco de Pontignac.

Alain nunca teria acreditado que alguém dissesse isso de sua carne de vice-prefeito de Beaussac! Suas cinzas elevam-se às alturas, turbilhonam no ar na vertical da multidão que se regala como em grandes noites de festa. Devoram fatias canibais de pão. Anna olha Thibassou degustar uma delas entre dois goles de *noah*. Comer aquele corpo é purificar a comunidade. Arrotos acompanham a mastigação e é um prazer ouvi-los. A gordura fervente cria bolhas em alguns lábios muito apressados:

— Ai.

— Ele te queimou! Continua fazendo mal.

Uma pesada fumaça acre gira ao redor do lago seco e sobe. As famílias dançam. As crianças gritam. Os solteiros se embebedam contemplando o corpo calcinado que o fogo transforma. Tal como as nuvens no céu ou as achas na lareira, os despojos metamorfoseiam-se de acordo com o ângulo de visão de cada um.

— Olhe, parece um javalizinho. O que parece para você?

— Um passarinho.

— Aquelas duas brasas uma ao lado da outra, cintilando, parecem os olhos de Belzebu. A língua amarela se mexe.

Todos veem o ressurgimento dos terrores pessoais recalcados. Estão lá, sonhando como crianças.

— Uma corça!

Já não é um homem. A sra. Lachaud bate com a parte cortante de uma pá entre as pernas daqueles restos carbonizados. O interior que se abre sob o ventre é fascinante.

Com uma pinça de lareira na mão, ela manobra perto de um marido professor que fica preocupado:

– O que é que você está procurando?

– Os baguinhos dele. Ah, olha aí! Olha eles aí, as drágeas de batizado!

O marido orgulhoso acha a mulher divertida como o diabo, quando ela faz saltar nas palmas das mãos aquelas partes íntimas queimadas, para que esfriem.

– Você não pretende...

Do contra como poucos, pelo amor de Deus, ela só faz o que quer e mastiga olhando para Anna. Morde bem quando morde; é a cadela raivosa de corpete aberto sobre grandes seios à mostra e banhados de suor. Entre as mandíbulas da caveira da vítima incendiada, saem e estouram grandes bolhas barulhentas, que a espantam:

– O que é que esse prussiano ainda está algaraviando?

O marido traduz:

– Está dizendo: "Eu bem que transaria com você, mas meu pinto está queimando!".

Todos que estão ao redor gargalham sem parar. Homem é coisa que demora muito a queimar. O sol poente, no horizonte, deixa-se cair e chora sangue. É fatal e todo o resto.[80] E as cinzas dispersas daquele ser calcinado, aqui, ali, acolá, vão embora com o vento que as leva. Também deslizam para baixo das solas daqueles que se afastam satisfeitos, enxugando a boca luzidia com o avesso da manga:

– É prussiano demais na Lorena para a gente ter de suportar um deles no burgo! Aí está um queimando. Acho que nós demos o exemplo.

Um outro, ao lado, declara:

– Eu me orgulho de ter dado quatro pauladas muito bem dadas nos dentes daquele De Monéys.

– De quem?

– Do prussiano.

– Ah, sim, eu também, eu também acertei o prussiano em cheio.

A quem cruza com eles revelam:

– Vocês perderam um ótimo assado! Aquele prussiano tinha gordura de três porcas. Daria para a semana inteira!

Diante do rateiro, ao lado do feixe, esperando que eles deem detalhes culinários, os canibais morrem de rir:

– Ah, não banque o delicado! Você come rato, e rato velho ainda por cima!

– Mas... era o sr. De Monéys.

– Como?...

O sopro de seus hálitos gordurosos, sobre um ombro salpicado de cinzas, projeta um resíduo da combustão do filho de Magdeleine-Louise e Amédée De Monéys, que sobe para o céu e corre para o sul. Nessa noite, a lua lança um olhar deletério.[81] Bulhas de folhas em desordem remoinham pelo caminho que leva a Bretanges. Um jovem, de lanterna na mão, corre para a morada ainda distante. Uma frágil mãe preocupada está à janela aberta da sala. Apesar da noite, o calor continua. Ela abaixa a tampa do piano e avista, acima de Hautefaye, um filete de fumaça a encarneirar-se na noite estrelada. O crepitar dos sapatos daquele que corre – criado Pascal – produz o ruído de um aguaceiro sobre a poeira. A mãe se admira:

– Por que correu tanto se está fazendo tanto calor?

– Sra. De Monéys! Sra. De Monéys!
Pascal irrompe na casa do século XVII:
– Alain foi...
Um grito terrível fende a paisagem e a noite.

16

O DIA SEGUINTE

Uma mão gorda de dedos curtos apoia-se fraternalmente sobre o ventre de alguém que jaz estendido de costas – fragílima estátua branca imobilizada em atitude de súplica. A mão cobre todo o ventre e logo se levanta:

– Ah, queira desculpar-me. Estou consternado!

– Decididamente... – comenta ao lado a voz de um assistente, puxando da bolsa um caderno e uma pena, que ele mergulha em tinta. Com os dedos no ar, acrescenta: "Estou pronto, dr. Roby-Pavillon".

O médico obeso, prefeito de Nontron, esfrega as palmas das mãos, das quais se ergue uma nuvem de cinza semelhante a pó de arroz, que se espalha no ar. Depois, limpa as mãos na roupa. A calça preta está de fato um pouco esbranquiçada, por causa da cinza.

– É que já não somos mais feitos da mesma argila, sr. De Monéys... – sopra o médico no punho de suas mangas.

A voz ressoa na igrejinha de Hautefaye, para onde o corpo carbonizado foi transferido por precaução. Alain repousa sobre um lençol branco que cobre o altar iluminado com todos os círios do presbitério e com todas as velas da mercearia Mondout. As chamas vacilam naquele lugar lívido onde o dia soluça. Um raio de sol, atravessando um vitral, orla lindamente, como uma echarpe de tons vivos, a borda dos ombros e a garganta de Alain – pequena alegria roubada assim.

Em torno da lousa sobre a qual jaz a vítima de um rito abolido há séculos, reina o silêncio, a não ser pela fala razoavelmente alta de Roby-Pavillon, que recomeça, ditando ao assistente seu relatório de autópsia:

– O cadáver quase inteiramente carbonizado está deitado de costas...

Barba curta, cabeça redonda com cabelos muito cacheados no alto do crânio, o doutor contorna o altar, considerando os restos que vai descrevendo escrupulosamente:

– O rosto está um pouco voltado para a esquerda, os membros inferiores afastados. A mão direita, na qual faltam três dedos, está enrijecida acima da cabeça, como que a implorar.

O sapato do médico às vezes esbarra em alguma garrafa vazia, que sai rolando, sonorissimamente, pelos ladrilhos da igreja que cheira a vinho, tonéis furados, vômitos nas paredes, misturados a incenso. As solas dos seus sapatos também esmagam cacos de vidro.

– A mão esquerda está voltada para o ombro correspondente e aberta como que para pedir compaixão. Os traços do rosto exprimem dor, o tronco retorcido e dobrado para trás: essa é a posição que as chamas de algum modo captaram no local e conservaram para a Justiça, a fim de lhe dizer quais foram as últimas agonias de Alain de Monéys.

Outra voz se faz ouvir, gemida, na igreja. É a do padre, que acha que Roby-Pavillon fala alto demais. Saint-Pasteur, sentado de batina mais que duvidosa num banco de missa, com os cotovelos nos joelhos e a testa pousada nas palmas das mãos, tem uma tremenda dor de cabeça. Sob os arcos românicos que ouviram tantas coisas ontem, o padre de Hautefaye naquela manhã está de ressaca. E o Cristo de pinho, empolado por fungos, já empoa o chão... "Fale mais baixo", pede o padre ao doutor, que está chegando às conclusões:

– Depois de examinar o cadáver da vítima, creio ser possível concluir em primeiro lugar que o sr. De Monéys foi queimado ainda vivo. Em segundo lugar, que a morte é resultado de queimaduras e asfixia. Em terceiro, que os ferimentos constatados no cadáver foram infligidos em vida com instrumentos perfurantes, cortantes e contundentes. Quarto, que um de seus ferimentos, no crânio, foi feito por um indivíduo colocado atrás da vítima enquanto a vítima estava ainda em pé. Quinto, que o corpo do sr. De Monéys foi arrastado em vida. Sexto, que o conjunto dos ferimentos teria levado inevitavelmente à morte. Lavrado em Hautefaye, em 17 de agosto de 1870, por Roby-Pavillon, doutor em medicina.

O médico gordo faz meia-volta, os saltos de seus sapatos chiam, o que provoca o enrugamento dos olhos e uma careta no padre, que ainda não saiu da bebedeira da véspera. Sua tez tende francamente ao verde-maçã, e ele está a ponto de vomitar quando o sino da igreja soa nove horas a todo repique! A reverberação do bronze flutua sobre Hautefaye e seus vilarejos.

Policiais a cavalo sulcam toda a paisagem, voltam ao burgo puxando, na ponta de uma corda, os punhos amarrados de acusados que os seguem a pé, de cabeça baixa. Eles são reunidos na praça já lotada da aldeia, e os policiais voltam a partir em busca de outros em todas as propriedades e lojas das cercanias.

O jovem promotor do tribunal de Bordeaux, que chegara já ao amanhecer em Hautefaye, intervém junto a um oficial de polícia:

– Vá devagar! Também não adianta trazer muitos. A gente não vai conseguir pôr todos na cadeia! Na casa de detenção de Périgueux só há vinte e uma vagas, e o tribunal não vai conseguir julgar mais. Imagine só. Senão, a gente vai precisar prender... seiscentas pessoas. É um crime... nada comum.

O promotor, que usa suíças, retira os óculos precoces e os enxuga, pondo-os de novo como se quisesse ter certeza de estar enxergando direito tantos acusados, enquanto o capitão pergunta:

– Bom. Mas, por exemplo, o primeiro que lhe quebrou todos os dentes com um golpe de barra de ferro, a gente prende?

– Não, por que prender? O senhor vai encontrar tanta gente que fez pior... Limite-se aos principais atores do drama.

– E aquele que furou o olho direito com uma garfada?

– Ah, bom... aquele que furou o olho, se o senhor quiser... Mas não faça demais, já há o que baste. Não é a caleça inglesa do governador de Ribérac que está chegando por trás da renque de árvores?

– Sim, é Albert Theulier.

O governador desce de seu veículo dizendo:
– É uma consternação só em todo Périgord.
Hautefaye está em estado de prostração e catatonia. Parece o dia seguinte de uma bebedeira. E a beleza da paisagem ao redor, no coração, diz a cada um: "Mas o que foi que você fez ontem? O que é que lhe deu na cabeça?". A aldeia freme ainda, mal impressionada consigo mesmo: "Mas o que foi que houve com a gente?". O que se vê é desavoramento e pasmo. Afora a praça, o burgo está deserto – como que acometido de tetraplegia. Parece até uma aldeia abandonada. Os habitantes ficam em casa, imóveis atrás das cortinas de suas janelas. Braços pendentes, olhar parado, boca aberta, fecharam com tranca as portas nas quais há punhos batendo:
– Abram! É a polícia!
– Mas o que foi que a gente fez?...
Um gosto de veneno lento e um ar de cadafalso rondam as ruelas que um cantoneiro percorre contando os passos. Tirando o tabaco de uma bolsa de bexiga de porco, enche o cachimbo e depois desenha num bloco de apontamentos a planta da aldeia e a via-crúcis de Alain de Monéys. Indica as diferentes estações sob um sol ofuscante.
Vagos trajes elegantes encimados por chapéus de feltro cinzento – jornalistas – precipitam-se na direção do governador, que tem a cabeça coberta por um bicorne com pena de avestruz. Eles o seguem até a viela de Bernard Mathieu, em cuja entrada são esperados por tamborileiros, soldados de calças vermelhas e cavalos negros.
Algumas baquetas rufam sobre peles de cabra esticadas, e o padre, agora sozinho em sua igreja, segura a cabeça dolorida:

– A Alain, morto no amor do Senhor...

O velho prefeito de Hautefaye, por sua vez, desce dois degraus de sua casa vestindo camiseta, sobre a qual está sua faixa tricolor manchada e toda amarrotada – deve ter dormido com ela. Acima de sua cabeça, um policial, empoleirado numa escada, arranca da fachada a bandeira francesa, enquanto outros empurram Bernard Mathieu, que sai com os registros da comuna:

– Para onde vão ser levados?

– Para a casa de Mousnier – propõe o prefeito. – Eles conheciam muito bem Alain...

O governador consternado suspira balançando a cabeça.

– Ah, sim, é verdade! – recobra-se logo Mathieu. – Então na casa do professor. A sra. Lachaud gostava muito do sr. De Monéys!...

O governador ergue os olhos para o céu:

– O senhor só deve essa faixa à sua idade.

A voz de Albert Theulier é dura. Parece de ferro. Ordena:

– Guardas, levem os registros para a hospedaria de Élie Mondout, que está encarregado de assumir provisoriamente as funções do prefeito.

Depois o governador saca sua espada brilhante – soou a hora do acerto de contas. Ele a introduz por debaixo da fita tricolor do prefeito destituído e dá um puxão brutal. O prefeito move os lábios. Todo mundo está dependurado neles, mas de sua garganta apertada não sai nenhuma palavra. Ele peida.

– Não é o que eu queria dizer!

A estalagem Mondout tornou-se gabinete de instrução. Sentado atrás das mesas, funcionários da justiça fazem desfilar diante de si camponeses de roupas puídas que cheiram a estábulo e alho. Foram denunciados por Antony, Mazerat, Dubois, o sobrinho do... – os defensores de Alain de Monéys presentes no estabelecimento. Élie Mondout tenta lembrar dos nomes dos clientes sentados no terraço, na véspera:

– Estavam ali Roland Liquoine, Girard Feytou, Murguet, Lamongie, o notário de Marthon... Quem mais?... Eram tantos...

Os acusados entram na estalagem, pouco à vontade e a contragosto, à espera do terror de serem considerados culpados e presos. Thibassou, com os punhos amarrados, entra por sua vez ladeado por dois policiais. O adolescente parece todo prosa por ser considerado e tratado como homem. Inconsciente do que fez, o rapaz lança ao seu redor olhares decididos. Anna, que cortava pão, despeja bebida e passa diante dele:

– Fui eu que te denunciei...

Ela o cobre com um olhar demorado e triste, depois abaixa os olhos e volta a erguê-los para fitar dentro dos olhos dele. Odeia-o com um ódio de deus[82]:

– Porco, porco!

Sai da sala e vai para o fundo, para a cozinha, onde não fala, não sorri, não canta nada enquanto trabalha. É uma sombra que sai com talheres e pratos e movimentos lentos. Para no meio de uma ação e depois retoma o bacalhau, as castanhas...

Pela janelinha que se abre para os campos ao longe, ela logo ouve os cavalos de dois carros de prisioneiros martelando no trote a terra dura da estrada.

17

O TRIBUNAL

– Levante a mão direita e diga "juro".
– Juro e viva o imperador!
– Que imperador?
– Bom, Puleão, lá... o Enviado da Providência, Napoleão III!
– Já não há imperador na França.
– Ah, é?
– Em 2 de setembro ele foi vencido em Sedan, capitulou e foi preso. Em 4 de setembro, foi proclamada a República.
– Ah, é?
– O senhor não sabia?
– Bom, não... Afinal, nós, no interior, não estamos muito informados... então, na prisão...
– O crime do qual o senhor participou ocorreu sob o Segundo Império, mas é julgado pela III República.
– Ah, está bem...
– O senhor parece que está em outro lugar. Sabe que dia é hoje, François Chambort?
– Também não muito bem... É inverno, né? Pelo respiro da cela, vi neve caindo.

— Hoje é 13 de dezembro de 1870, no Tribunal Penal de Périgueux, e é o último dos três dias de debates ao fim do qual será anunciado o veredicto e o senhor saberá, pessoalmente, qual é sua condenação.
— Ah...
— Tava na hora de ir no barbeiro! — grita alguém do público.
— Silêncio! Ou eu mando evacuar a sala — indigna-se o juiz do tribunal.

Com cara de boa gente, está sentado em nível mais elevado, num cadeirão cujos braços são escondidos por suas mangas largas, atrás de uma escrivaninha coberta de pano verde liso sobre a qual códigos, papéis... Diante de sua escrivaninha, uma mesinha com provas: chicotes, paus ensanguentados, gancho de trapeiro, pedras manchadas de gordura humana.

Em pé junto à barra, Chambort — ferrador exímio em manejar cavalos e bois, em ferrar — está desajeitado na sala lotada do palácio de justiça. Enfiado em seu traje de domingo, contorno das pálpebras escuros, olha fixamente para os promotores perto de um grande aquecedor que funciona a todo vapor, enquanto o juiz pergunta:

— Para o senhor, quem era Alain de Monéys?
— Um amigo de infância que se virou o melhor homem que se pode conhecer. Não, juro, não entendo o que me deu. É medonho, medonho. Estou *esputefato* com o que fiz.
— Que mais?...
— Perdi a cabeça.
— O que aconteceu?

– Eu me deixei levar.
– O que o senhor poderia dizer sobre sua vítima?
– A atenção dele com os outros, a bondade dele...
– E o bom gosto dele! – escarnece alguém na sala.
– Morte para os canibais! – berram outras vozes. – Deixe com a gente, a gente, sim, vai fazer justiça!

O juiz bate o martelo na mesa, observa o público em vagas de multidão animalesca, depois recomeça:

– François Chambort, o senhor torturou o sr. De Monéys?.

– Sim, eu pus ferradura nele e joguei palha em cima dele. A multidão furiosa que se lançava sobre Alain me estimulou.

– E o senhor quis terminar com um auto de fé.

– Não sei o que é isso.

– Dizem que o senhor sapateou em cima da fogueira.

– Não me lembro.

– Os jurados vão examinar isso. Volte para o seu lugar, no espaço destinado aos réus.

Chambort obedece, com as pernas bambas, enquanto é vaiado pela assembleia:

– Nada de perdão para os monstros!

Seguro de seu efeito sobre um auditório tão inflamado, o promotor se levanta, rubro, quase espumando, enquanto sua toga flutua em torno dos braços:

– Guilhotina, meritíssimo!...

Se o interrogatório do juiz seguiu todas as formalidades, as alegações finais carecem daquilo que se chama moderação. Voam abundantes epítetos pelos lábios do promotor para qualificar Chambort:

– O mais infame dos homens!... Não sei como qualificar esse indivíduo e desisto de encontrar uma expressão que descreva todo o meu horror!

Tais são as flores de seu buquê e, em conclusão, ele exige a pena máxima, que é – leiam o código! – a morte.

Diante daquele corvo de voo negro e pesado e palavras que deslizam em direção às molduras do teto, um dos advogados – doninha de corpo torto – sai de sua toca:

– Meu cliente não tem nenhum precedente criminal! Aliás, todos esses réus – camponeses, artesãos – gozavam de excelente reputação antes desse dia terrível. É isso o que constitui a originalidade do caso. Não se trata de um crime de direito comum. A lógica do comportamento da multidão tem raízes e...

O juiz o interrompe:

– Basta! As alegações finais da acusação e da defesa ocorrerão daqui a pouco, antes que os jurados deliberem. O seguinte, venha até a barra!

Aproxima-se um, de paletó esverdeado duro, grosso, grosseiro, enfim, feiíssimo, gola de lã, meias e tamancos. O juiz quer saber:

– Sobrenome, nome, profissão?
– Léchelle Antoine, lavrador.
– O que aconteceu no dia 16 de agosto?
– O cometa caiu em cima de nossa cabeça.
– Por que vocês massacraram o sr. De Monéys?
– Porque disseram que ele tinha gritado "Viva a Prússia".
– No entanto, ele tinha se alistado contra a Prússia.
– Ah, é? Ninguém falou.
– Sim, ele.

As paredes da sala estão forradas de papel com vagos desenhos superiores representando movimentos de oceanos. O naufrágio é total e o próprio Léchelle é uma das vagas da decoração. Chorando seus desejos malogrados, ele abandona a barra, cruza com outro que está enxugando a testa.

– Mazière, o senhor é acusado de cometer atos de barbárie contra De Monéys.

– Diziam que ele era prussiano, que ele precisava sofrer. Eu nunca tinha visto nenhum prussiano e fui olhar mais de perto.

– E aí o senhor viu bem que não era um prussiano, mas seu vizinho!

– Ah, já não dava mais para reconhecer... A cabeça dele era uma bola de sangue. O senhor mesmo, sr. juiz, não teria reconhecido sua própria mãe!

– O senhor o arrastou, vivo, pelos pés até a fogueira.

– Me aconteceu essa desgraça.

– Antes, o senhor o obrigou a entrar na oficina de ferrador para ferrar os pés dele e amputar seus dedos.

– Eu estava segurando, mas quem batia era o povo.

– Você também! – exclama Antony na sala.

– Ah? Eu também? Mas será que precisava ser todo mundo condenado...

À medida que transcorrem os relatos, no espaço destinado aos réus as cabeças se abaixam, os pescoços se enterram nos ombros. Todos dizem a mesma coisa: "Não sei o que deu na gente". Chega a ser monótono. Ninguém acusa a vítima dizendo algo como: "Sim, mas de qualquer modo era um cara que...".

— Murguet, por acaso o senhor remexeu o ventre de Alain de Monéys com um forcado como se revolve a terra? Cometeu essa covardia?

— Me aconteceu essa desgraça.

Os réus, abatidos, afundam em si mesmos, tomados pela sonolência enquanto ouvem expressões que para eles são de outra língua:

— Por que essa pulsão dionisíaca?

Piarrouty tem cara de cadáver, pele lívida, olhos mortos.

— Viramos uns loucos – declara Buisson. – De Monéys, claro que era um bom sujeito!

— A gente parece que virou criança – diz Besse. – Acho que, a certa altura, a gente sonhou... Eu, por exemplo, quando ele estava em brasa, vi um javali, Piarrouty viu os braços abraçando um bebê. Lamongie avistou um pássaro. Liquoine disse: "Parece Belzebu. A língua amarela está se mexendo..."

18

Veredicto

Fórum criminal da Dordogne
(SESSÃO EXTRAORDINÁRIA)
Presidência sr. Brochon, conselheiro do
Tribunal de Recursos de Bordeaux

CASO HAUTEFAYE
ASSASSINATO DO SR. DE MONÉYS

VINTE E UM RÉUS.

Em 13 de dezembro de 1870, às sete horas da noite, foi proferida a sentença do Fórum Criminal contra os acusados do crime de Hautefaye.

Foram condenados:

Chambort François, *Buisson* Pierre, *Léonard* François (vulgo Piarrouty), *Mazière* François, à pena de morte.

A execução ocorrerá na praça pública de Hautefaye.

Campot Jean, à pena perpétua de trabalhos forçados.

Campot Étienne, a oito anos de trabalhos forçados.

Besse Pierre, a seis anos de trabalhos forçados.

Léchelle Antoine, *Frédérique* Jean, *Lamongie* Léonard, *Sarlat* Pierre, *Murguet* Mathieu, *Beauvais* Jean, a cinco anos de trabalhos forçados.

Sallat Jean (vulgo Velho Moureau), a cinco anos de reclusão apenas, em vista de sua idade (62 anos).

Brut Pierre, *Brouillet* Jean, *Feytou* Girard, *Liquoine* Roland, *Sallat* François, culpados do delito simples de agressão e ferimentos, são condenados a um ano de prisão.

Limay Thibault (vulgo Thibassou) é absolvido, em razão de sua idade (catorze anos) e por ter agido sem discernimento, mas ficará confinado numa casa de correção até os vinte anos.

Delage Pierre (vulgo Puleão), por ter agido sem discernimento, é absolvido em razão da idade (cinco anos), determinando-se a sua libertação imediata.

19

Execução

– Não há muita gente, menos de umas cem pessoas.
– Sem dúvida havia mais no dia da feira... Não estou vendo os pais de Alain. Eles não vêm?
– Não está sabendo? A mãe morreu de tristeza no outono. No dia 31 de outubro, acho.
– E o pai?
– Vendeu as terras, os oitenta hectares, e pôs à venda a casa de Bretanges. Saiu da região. Não tinha muita vontade de encontrar todos os dias as pessoas que surraram e comeram o filho dele.

Os dois homens que estão conversando vão saltitando na neve e, com as mãos, esfregam os braços para tentar aquecer-se.

– Brr! É mesmo um tempo de 6 de fevereiro. Fazia mais calor aqui no dia 16 de agosto... O senhor está sabendo que talvez a comuna seja desfeita?
– Vão abolir Hautefaye?
– No governo estão pensando seriamente em riscar a aldeia do mapa.

Com a chegada da aurora, cresce uma inquietação surda. Ainda se enxerga a lua. Ela desvenda pela metade a sua face hipócrita, fingindo piedade. Um dos homens propõe ao outro:

– A gente vai ficar perto da máquina funesta? Eu ainda não tinha visto nenhuma.

– É raríssimo transportar uma guilhotina para o lugar do crime.

Perto da máquina justiceira onde o carrasco e seus ajudantes se afanam, quatro féretros de pinho têm o fundo forrado de serragem e a tampa pousada ao lado. Um sibilo metálico seguido de um choque violento causa um sobressalto nos dois homens – o executor da pena capital verificou a queda da faca que um assistente volta a erguer, puxando por uma corda. O promotor tira um relógio de bolso: "Sete horas e vinte cinco, está pronto?". O verdugo, que usa cartola, balança a cabeça.

– Sentido!

Diante do comando de um capitão de bigodes, ouve-se o ruído dos calcanhares se chocando sob a aurora pálida. Cem policiais estão em fila, em posição de descansar armas, da porta de Mousnier até o mercado. Atrás deles, principalmente amigos e alguns parentes dos condenados à morte, esposas, cobertas de lenços pretos de lã, abafam gemidos. A porta da estalagem reformada abre-se.

Piarrouty é o primeiro que sai do estabelecimento de Mousnier (cadeia provisória à espera da execução). Um rapazinho insinua-se entre dois policiais para entregar-lhe um café. O promotor, com um aceno da mão, indica que dá permissão. O trapeiro bebe devagar, devolve a xícara ao menino e o contempla como se fosse seu filho:

– Menino, seja ajuizado e não me imite nunca. Se um dia, por se sentir infeliz, quiser bater no vizinho, largue o machado e siga em frente.

Alguns segundos depois, seu sangue está fumegando nas tábuas e é como se cada um no burgo tivesse sido empurrado para a guilhotina. Ao redor da praça, as janelas se fecham, mas por trás das gelosias é possível pressentir testas coladas aos vidros. É a vez de Buisson, que perscruta o público:

– Ninguém da minha família veio? Eles têm tanto nojo de mim?

Saint-Pasteur, que o ampara, promete:

– Vou falar com sua mulher e seus filhos.

– Diga que sou um miserável e que lamento o que fiz.

A cabeça de Buisson cai sobre a de Piarrouty no cesto com serragem. Mazière junta-se a eles, pipilando com voz de rouxinol ferido:

– Mamãe, mamãe...

Chambort suspira:

– Afinal, nós éramos gente honesta...

Um grande cavalo malhado de ventas fumegantes puxa uma carroça que leva quatro féretros fechados para a vala comum do cemitério. Tambores, soldados de vermelho, cavalos negros espalham-se diante do mercado. A estalagem Mondout de repente se enche. E, em cada mesa, entrega de bebidas de todos os tipos, ativamente expedidas; acredite-se, naquela manhã glacial de fevereiro também se tem fome:

– Comida?

– Comida? Ei, diacho, sempre sopa... de cevada! – responde Élie. – Anna, sirva a bebida, corte pão, encha os pratos! Anna!...

Anna Mondout, de faces encovadas, diante de um assistente do carrasco que lhe pede um balde de água quente para lavar o material, começa a bater os dentes e não consegue mais parar.

Na estalagem, fala-se dos carros de prisioneiros com os condenados a trabalhos forçados, que saíram para La Rochelle e depois para os presídios da ilha Nou, na Nova Caledônia.

– Onde é a Nova Caledônia?

Um pecuarista rumina que a mais pacata aldeia da França está suja com uma mancha indelével. E depois é toda a complicação desse tipo de "papo" sobre política. Élie Mondout pergunta:

– Onde está Anna?

– Não está na cozinha nem desceu para buscar vinho no porão e parece que alguém a viu sair para a praça –, diz a tia ao marido, que abre uma portinhola atrás e chama, observando o campo:

– Anna!... Anna!

Sob o beiral do estabelecimento, os gritos do hospedeiro e a corrente de ar da porta aberta formam uma corrente de vento que carrega uma partícula de cinza que talvez esteja lá desde o último verão.

– Anna! Anna!...

20

O PÂNTANO DO NIZONNE

Ali está Anna, deitada de bruços na neve, morta.

– Então ela estava aí, no pântano gelado à beira do Nizonne. Dá para entender por que vocês demoraram três dias para encontrá-la...

Roby-Pavillon anda ao redor da mocinha morta. Suas passadas rangem. Élie Mondout segue-o, acabrunhado, bem como o camponês que fez a descoberta:

– Eu tinha um animal fugido do estábulo então eu quis ver se ele não tinha ficado atolado perto do rio.

O médico legista acocora-se, desliza uma mão profissional debaixo do colete grosso da moça e diagnostica:

– Estava grávida de seis meses.

– Como?! – exclama o tio estupefato.

– Isso talvez tenha alguma relação com o que está escrito aí... – supõe o doutor, levantando-se e limpando as mãos nas calças pretas, que ficam esbranquiçadas.

– Não sei ler. O que diz aí? – pergunta o camponês, aproximando-se de grandes letras traçadas com o dedo na neve.

Aquela que foi engomadeira em Angoulême jaz, aos vinte e três anos, com a cabeça voltada para um lado. Pálida e com cristais de gelo nos cílios, tem os belos lábios entreabertos. Com um vestido de lã grossa e usando grossos sapatos com travas, alma sensível no burgo dos canibais, parece que está dormindo. Debaixo dela, alguma relva gelada e amassada como única matança.[83] Céu baixo e encoberto, perto de sua boca e de um indicador crispado, a neve parece ser uma bruma cinzenta uniforme na qual se leem as letras de "EU TE AMO".

Mondout aproxima-se, pasmado:

– Eu te amo? Mas para quem foi escrito isso? Eu nunca a vi olhar para nenhum rapaz afora aquele Alain de...

Então um camponês se admira: "Parece daqueles espelhos mágicos que os vendedores tiram da mala...", o tio da defunta começa a fazer as contas:

– Seis meses o senhor disse, doutor? Fevereiro, janeiro, dezembro... ela teria engravidado mais ou menos em meados de agosto?

– É isso aí.

– Mas de quem? E digamos no dia da...

O camponês gira em torno do texto nevado que ele admira de cabeça para baixo: "Mas como ela sabia escrever?".

– Foi a mulher do professor – responde mecanicamente Élie.

O agricultor continua seu percurso e se encontra no bom caminho:

– Em todo caso, está escrito em letras grandes, como se precisasse ser lido do céu.

Uma partícula de cinza, como que descida a adejar das nuvens, deposita-se sobre um lábio de Anna, que a neve lantejoula, e funde-se tal qual um beijo. O médico e o estalajadeiro elevam os olhos e depois se olham.

– Não, mas é impossível! Como ele poderia? Além disso, foi o dia, tá aí! – exclama Mondout.

– Todo mundo estava ocupado com outra coisa bem diferente!... – confirma o doutor.

O camponês, numa espécie de encantamento, conclui:

– Foi um *lébérou*!... Continuando com seu malefício, com o corpo embrulhado numa pele, ele se jogou em cima da mocinha, emprenhou e depois assumiu a forma inocente de um vizinho dos povoados. Seria preciso saber quem é, quem de nós, e dar uma sova nesse cara, nesse prussiano! Com pauladas, com golpes de!... Ah, eu, eu é que!...

O prefeito de Nontron olha as pequenas ondas do Nizonne e Hautefaye de tetos azuis. Sonhador, à beira da água, ouve o canto do junco e do caniço.

Epílogo

Chegando à penitenciária da ilha Nou, os condenados aos trabalhos forçados pelo caso Hautefaye receberam apelidos dados pelos forçados: "Lambe-banha", "Cozidinho", "No ponto", "Grelhado" etc. Jean Campot, por sua vez, recebeu o patronímico da vítima e acostumou-se. Depois de trinta anos de trabalhos forçados, foi solto por bom comportamento. Ficando em Nova Caledônia, teve com uma autóctone filhos que ele registrou com o nome De Monéys.

Em 16 de agosto de 1970, os descendentes da família da vítima e os descendentes dos carrascos organizaram uma missa de aniversário na igreja de Hautefaye e assistiram a ela lado a lado – e a aldeia, afinal, não foi riscada do mapa.

O projeto de Alain de Monéys para o saneamento do Nizonne foi realizado. Cento e cinquenta anos depois, a região ainda goza de seus benefícios.

Meus agradecimentos pela colaboração mais ou menos voluntária a:

Georges Marbeck, *Hautefaye, l'année terrible* (Robert Laffont) / Georges Marbeck, *Cent documents autour du drame de Hautefaye* (Pierre Fanlac) / Alain Corbin, *Le Village des cannibales* (Aubier) / Jean-Louis Galet, *Meurtre à Hautefaye* (Pierre Fanlac) / Patrick de Ruffray, *L'Affaire d'Hautefaye. Légende, histoire* (Imprimerie industrielle et commerciale 1926) / Magistrat M. Simonet, *La Tragédie du 16 août 1870 à Hautefaye* (Imprimerie de Siraudeau 1929) / Maître Zévaès, *L'Affaire Hautefaye* (Miroir de l'Histoire, set. 1953) / René Girard, *Le Bouc émissaire* (Grasset) / René Girard, *Je vois Satan tomber comme l'éclair* (Grasset) / Gustave Le Bon, *Psychologie des foules* (PUF) / Françoise Héritier, *De la violence* (Odile Jacob) / Paul Verlaine, *Œuvres complètes* (Pléiade).

Notas

As notas abaixo correspondem aos versos originais
de Paul Verlaine citados ao longo do livro.

1. J'étais né pour plaire à toute âme un peu fière,
   Sorte d'homme en rêve et capable du mieux,
   Parfois tout sourire et parfois tout prière,
   Et toujours des cieux attendris dans les yeux ;
   Amour, Adieu
2. L'alouette, un motet au bec, s'est envolée
   Pâques
3. Son faux col engloutit son oreille. Ses yeux
   Dans un rêve sans fin flottent insoucieux,
   Monsieur Prudhomme.
4. L'hôte est un vieux soldat, et l'hôtesse, qui peigne
   Et lave dix marmots roses et pleins de teigne,
   Parle d'amour, de joie et d'aise, et n'a pas tort !
   L'auberge
5. Sur la plaine séchée ainsi qu'une rôtie
   Paysage
6. Par un chemin semé des fleurs de l'Amitié
   Amour
7. A expressão francesa é *Quelle douceur choisie,* presente já em Ronsard no poema "Le Tombeau":
   Toute pleine de miel, de nectar, d'ambrosie
   Sur sa tombe espandant une douceur choisie.
   Essa mesma expressão foi retomada por Verlaine no poema "Bonheur" (v. próxima nota). Seu sentido em Ronsard é de substâncias doces; em Verlaine, de brandura. Os dois significados convivem nesta mesma expressão, que também pode ser traduzida por meiguice ou blandícia requintada.
8. Quelle douceur choisie, et quel droit dévouement,
   Et ce tact virginal, et l'ange exactement!
   Bonheur

9. Comme nous t'as eu des malheurs
   Et tes larmes valent nos pleurs.
   Filles, I
10. Mon âge mur qui ne grommelle
    En somme qu'encore tres peu
    Aime le joli pêle-mêle
    D'un ballet turc ou camaieu.
    Epigrammes.
11. Orage de colère et tourbillon d'injure !
    Élégies.
12. Mieux vaut un ours et les jeux de sa patte.
    Les morts que l'on fait saigner
13. Ton habit a toujours quelques détail blagueur.
    Caprice.
14. Donc sans être jaloux, tort mesquin et hideux,
    Je deviens ombrageux comme un cheval de race
    Élegies
15. Je n'avais qu'à me tenir coi
    Sous l'aimable averse de gifles
    De ta main experte en mornifles,
    Sans même demander pourquoi.
    Chanson pour elle
16. Il s'ouvre grand comme une église
    A tous les faits de la Cité
    Metz
17. Ses dix-sept ans mutins et maigres, sa réelle
    Intelligence, et la pureté vraiment belle...
    Amour, Lucien Létinois, XV
18. Où le vent de la patrie, en plis de gloire,
    Frissonnera comme un drapeau tout fleurant d'elle.
    Bonheur, XXII
19. Cela dura six ans, puis l'ange s'envola,
    Dès lors je vais hagard et comme ivre. Voilà.
    Lucien Létinois, XIV
20. Ô quels baisers, quels enlacements fous!
    J'en riais moi-même à travers mes pleurs.
    Birds in the night

21. On s'isole à Paris, quelle que soit l'horreur
    Apparente de vivre en ce cirque d'erreur.
    Retraite
22. La vindicte bourgeoise assassinait mon nom
    Chinoisement, à coups d'épingle, quelle affaire!
    À Émile Blémont
23. Que l'âne brait, que le voilà parti
    Qui par les dents vous boute cent ruades
    En forme de reproche bien senti…
    Sagesse, Romans sans paroles, XII
24. Entends les pompes qui font
    Le cri des chats
    Des sifflets viennent et vont
    Comme en pourchas
    Réversibilités
25. Partout où l'on bataille et partout où l'on aime,
    D'une façon si triste et folle en vérité.
    Sagesse, III
26. M'entourent, me serrent, ça dure
    Depuis des jours, depuis des mois
    Amour, Lucien Létinois, II
27. Vaisseau désemparé dont l'équipage crie
    Avec des voix funèbres
    Sagesse, III, *Prince mort en soldat à cause de la France*
28. Triste corps, combien faible et combien puni
    Sagesse, La tristesse, la langueur du corps humain
29. Ça fait un fracas de cinq cents tonnerres
    Chevaux de bois
30. Ta chair s'irrite et tourne obscène,
    Ton âme flue en rêves fous
    Sagesse, XVIII
31. Mon rêve était au bal, je vous demande un peu!
    Lombes
32. Ce serait si bien mon tour
    Que le diable en crierait grâce!
    Dans les limbes, Aux tripes d'un chien pendu

33. Te jugeant mal fringant, aux gestes lourds,
    Un peu grotesque,
    Bonheur, IX
34. On trébuche à travers des chaleurs d'incendie
    Sagesse, XIX
35. Ainsi, sur mon lit d'hôpital
    Je m'agite en propos stériles.
    Dans les limbes, XVI
36. Souvent l'incompressible Enfance ainsi se joue,
    Fût-ce dans ce rapport infinitésimal,
    Du monstre intérieur qui nous crispe la joue
    Amour, There
37. Or, mon émotion serait par trop profonde
    Dans le chagrin réel dont mon coeur éclata
    Chair, À Madame***
38. Débusqué, traqué comme un loup,
    Lucien Létinois, II
39. Vous, phares doux parmi ces brumes et ces gazes,
    Ah! luisez-nous encore et toujours jusqu'au jour,
    Bonheur, XI
40. Ce soir elles ont, ces mains sèches,
    Sous leurs rares poils hérissés,
    Des airs spécialement rêches,
    Comme en proie à d'âpres pensées.
    Mains
41. Tu m'as, ces pâles jours d'automne blanc, fait mal
    À cause de tes yeux où fleurit l'animal,
    Jadis et Naguère, IX, *Madrigal*
42. Légère toison qui ondoie,
    Toute de jour, toute de joie
    Innocemment
    La bonne crainte
43. Bien léché, oui, mais âpre en diable,
    Ton con joli, taquin, coquin,
    Qui rit rouge sur fond de sable;

       Telles les lèvres d'Arlequin.
       À Madame
44. Tes seins que busqua, que musqua
       Un diable cruel et jusqu'à
       Ta pâleur volée à la lune,
       Casta piana
45. Et mon désir fou qui croît,
       Tel un champignon des prés,
       S'érige ainsi que le Doigt
       Chansons pour elle, IV
46. Parsifal a vaincu les Filles, leur gentil
       Babil et la luxure amusante – et sa pente
       Vers la Chair de garçon vierge que cela tente
       D'aimer les seins légers et ce gentil babil;
       Parsifal
47. L'amour ricaneur qui larmoie,
       O toi, beau comme un petit loup.
       Rendez-vous
48. Tu vins à moi gamin farouche
       C'est toi, joliesse et bagout
       Rusé du corps et de la bouche
       Rendez-vous
49. Et les manières que j'y mets,
       Comme en tant de choses vécues,
       Billet à Lily
50. Ses cheveux, noir tas sauvage où
       Scintille un barbare bijou,
       Jadis et Naguère, Écrit sur l'Album de Mme N. de V.
51. Nous boutent au sang
       Un feu bête et doux
       Qui nous rend tout fous,
       Croupe, rein et flanc.
       À Mademoiselle***
52. Le délire des sens, dont toute chair rabâche,
       T'inspira des accents que nul n'égalera
       Soneto a Marceline Desbordes-Valmore

53. Il appert qu'il n'a pas peur de planter profond
    Ni d'enceinter la bonne dame qui s'en fiche.
    Tableau populaire
54. « Ah ! les pauvres amours banales, animales,
    Normales! Gros goûts lourds ou frugales fringales,
    Sans compter la sottise et des fécondités! »
    Ces passions
55. Quel décor connu mais triste encor!
    Il parle encore
    Mes prisons
56. Si doux nécromanciens
    D'encor pires avenirs
    Bonheur
57. Vilaine, étroite et galeuse cette chambre, ou plutôt cette salle, jadis crépie à la chaux, alors tout écaillée, lézardée et comme menaçant ruine. Au mur d'en face (le public assis sur des bancs de bois, munis juste de dossiers, qu'il semblait qu'on eût pleuré pour les mettre là) un Christ dartreux pendait qui paraissait se faire des cheveux trop longs et n'avoir été perché en ce lieu que pour regarder les prévenus « D'un air fâché ».
    Mes prisons, VIII
58. Que l'appel, ô mon Dieu, des cloches dans la tour,
    Et faire un de ces bruits soi-même, cela pour
    L'accomplissement vil de tâches puériles.
    La vie humble aux travaux ennuyeux et faciles
59. Vont et viennent. Des tas d'embarras. Des négoces,
    Et tout le cirque des civilisations
    Au son trotte-menu du violon des noces.
    Sagesse, Voix de l'Orgueil
60. Jette à l'eau ! Que légers nous dansions
    En route pour l'entonnoir tragique
    Que nul atlas ne cite ou n'indique,
    Sur la mer des Résignations.
    Bonheur
61. Mais tout cela c'est pitoyable!
    Il n'y a guère que le diable

| | Pour profiter d'un jeu si laid |
| | *Épigrammes*, XII, I |

62. Derrière et l'autre sur le front, pâle, en chemin
    D'aller vers le baiser spectral, l'âme tendue,
    Hoquetant, dilatant sa prunelle perdue
    Jadis et Naguère
63. O mon Dieu, votre crainte m'a frappé
    Et la brulûre est encore là, qui tonne
    Sagesse, II, I
64. Ce qu'il m'a fait souffrir cet animal-là avec ses féroces minuties!
    Mes prisons
65. Des avalanches, des cratères
    Mieux que fous, pis que hasardeux.
    Les Limbes, XVI
66. Inattendu de quelque île sauvage
    Pour le régal de l'habitant goulu.
    Épigrammes, IX
67. N'as-tu pas, en fouillant les recoins de ton âme,
    Un beau vice à tirer comme un sabre au soleil?
    Sagesse, I, III
68. Par instants je suis le Pauvre Navire
    Qui court démâté parmi la tempête
    Birds in the night
69. Le ciel est transi
    D'éclairer tant d'ombre.
    Sagesse, III, II
70. A travers ma blague voyoute
    Et le dur flux des mots atroces,
    À Eugène Carrière
71. Pourtant à l'horreur fraîche et chaude,
    Ma tête en larmes et en feu,
    Chair
72. J'en fis l'expérience comme on va voir, et j'envoie d'ici à ce corps, qui n'est là-bas point d'élite, mais tout bonnement

spécial, mon très cordial bonjour, non pas au revoir, tout de même, en dépit des procédés gentils, dont voici quittance.
Mes prisons

73. Une rancune plus qu'amère
    Me piétine en ce dur moment
    Bonheur
74. Et j'abomine l'Anarchie
    Voulant, front vide et main rougie,
    Tous peuples frères – et l'orgie!
    Metz
75. Sans ta bouche tout mensonge,
    Mais si franche quand j'y songe,
    Chansons pour elle, X
76. Rouge aux crocs blancs de souris!
    Chansons pour elle, IV
77. Écarquillant des yeux
    De folie et de rêve,
    Féroce
78. Battant toute vendange aux collines, couchant
    Toute moisson de la vallée, et ravageant
    Le ciel tout bleu, le ciel chanteur qui te réclame.
    Les faux beaux jours
79. Mon exaspération à ce sujet me valut dès le surlendemain un désagrément qui eût pu tourner pire.
    Mes prisons.
80. Moi qui, pour la postérité,
    Sur une aile céleste
    Croyais m'envoler, révolté,
    Fatal et tout le reste!
    Épigrammes, XVII
81. La lune déjà maligne en soi,
    Ce soir jette un regard délétère.
    Chair, Les méfaits de la lune
82. Même il en est que je déteste à mort
    Et que je hais d'une haine de dieu.
    Dédicaces, XXXIX, Quatorzain pour tous

83. Passant les fleuves à la nage
    Quand ils avaient rompu les ponts.
    Quelques herbes pour tout carnage.
    N'avançant que par faibles bonds,
    Les Loups

IMPRESSÃO:

Pallotti

Santa Maria - RS - Fone/Fax: (55) 3220.4500
www.pallotti.com.br